INVENTAIRE
Ye 25,209

NOTICE

SUR LES

Odes et Ballades

DE

VICTOR HUGO,

PAR

M. DE LAGARDE,

Membre de l'Institut historique, de la Société des méthodes d'enseignement,
et de plusieurs autres Sociétés savantes et littéraires.

A LONDRES,

Chez ROLANDI, 26, BERNER'S STREET;
BAILLIÈRE, 219, REGENT STREET;
SIMPKIN, MARSHALL ET Co. STATIONER'S, HALL COURT.

1837.

PARIS. — IMPRIMERIE DE BOURGOGNE ET MARTINET, RUE JACOB, 30.

NOTICE

SUR LES

ODES ET BALLADES

DE

VICTOR HUGO.

PARIS. — IMPRIMERIE DE BOURGOGNE ET MARTINET
rue Jacob, 30.

Victor Hugo.

Lith. de C. Motte

NOTICE

NOTICE

SUR LES

ODES ET BALLADES

DE

VICTOR HUGO,

PAR

M. De Lagarde,

Membre de l'Institut historique , de la Société des méthodes d'enseignement
et de plusieurs autres Sociétés savantes et littéraires.

A LONDRES,

CHEZ ROLANDI, 20, Berner's Street;
BAILLIÈRE, 219, Regent Street;
SIMPKIN, MARSHALL ET Co. Stationer's, hall court.

1837.

NOTICE

SUR LES

ODES ET BALLADES

DE VICTOR HUGO.

I.

*

Un étranger qui arrive à Londres, même
avec le projet d'y faire un certain séjour,
et d'étudier l'Angleterre à loisir, a fort à
faire dans les premiers temps. La grandeur,
la nouveauté, l'étrangeté du spectacle l'at-

tirent d'abord de tous côtés. Chaque soir,
la tête encore remplie des explorations de
la journée, il se prépare déjà à celles du
lendemain. Cependant il arrive quelque-
fois que, fatigué de courir, fatigué de voir,
harassé d'admiration, il rentre chez lui,
fait défendre sa porte, et s'installe dans son
cabinet bien décidé à passer quelques heu-
res avec lui-même, et avec ses livres. C'est
dans un de ces moments de retraite et de
délicieuse solitude que j'ai lu l'ouvrage de
mistriss Trollope intitulé : *Paris and the
Parisians.*

J'y ai trouvé, comme dans la plupart des
ouvrages écrits par des Anglais sur la
France, ou par des Français sur l'Angleterre, un certain nombre de vérités entre-
mêlées d'erreurs. Et il est difficile, il faut
le dire, qu'il n'y ait pas de nombreuses et
graves méprises entre deux peuples qui ne
se connaissent pas encore assez pour se
bien juger. Mais au moins dans l'ouvrage
de Mistriss Trollope les jugements qu'elle

porte, lors même qu'ils ne sont pas exacts, sont rédigés avec esprit, et c'est là un passeport pour bien des choses.

Il est cependant un de ces jugements qu'en ma double qualité de Parisien et de partisan des beaux vers, je ne puis me décider à laisser passer sans réponse, dans la crainte qu'il ne contribue à propager des opinions qui ne sont peut-être déjà que trop répandues sur une de nos célébrités nationales. Il y a quelques années j'aurais dit *sur une de nos gloires nationales.* Pourquoi faut-il qu'il ait terni à plaisir sa belle et pure auréole de poëte ?

Je veux parler de Victor Hugo, et il faut tâcher de bien nous entendre dès le principe. Je commence par convenir, avec l'auteur de *Paris et les Parisiens,* que les drames de Victor Hugo méritent toute sa réprobation, non seulement comme pièces immorales, mais aussi sous le rapport de l'art, et considérés uniquement comme compositions littéraires. Hernani parut le

premier (Cromwell qui n'était pas destiné
à la scène méritant une place à part.) Déjà
la lutte du bon et du mauvais principe s'y
faisait entrevoir. Des scènes charmantes,
de grandes pensées noblement exprimées,
des élans d'admirable poésie s'y trouvaient
noyés dans une quantité de vers systéma-
tiquement grotesques où le trivial le dis-
putait au ridicule.

On y reconnaissait bien un sentiment
profond des beautés poétiques, une imagination des plus riches et des plus fortes,
une connaissance réelle des ressources de
notre langue, une vive perception du beau
et du grand, mais on y trouvait en même
temps un effrayant besoin d'innovation, un
désir impérieux de se frayer des routes
nouvelles et inconnues, un esprit hardi,
aventureux, qui le portait à tout remuer et
à tout changer, un amour affligeant pour
le grotesque et le difforme.

Toutefois il restait encore de l'espoir aux
amis de son beau talent. On pouvait s'at-

tendre que le travail, la pratique réfléchie
de l'art corrigeraient cette effervescence
et ces dangereuses inclinations.

Ce combat violent entre deux natures si
opposées se renouvela dans Marion de
Lorme. Mais dès lors il ne fut presque plus
possible de conserver d'illusions. Il deve-
nait évident que les bons penchants et les
nobles qualités succombaient, et que l'élé-
ment matériel et grossier prenait le dessus.
Puis vint l'ignoble Triboulet, et enfin, de
chute en chute, d'abaissement en abaissement, l'auteur d'Hernani est descendu jusqu'à Angelo.

Toutes les observations de mistriss Trollope sur Victor Hugo, considéré comme
écrivain dramatique, sont fort justes. J'en
dirai autant de l'opinion qu'elle énonce sur
ses préfaces, où il prend un ton d'oracle
pour débiter des doctrines dont le moin-
dre défaut est souvent de manquer de
clarté ; du court parallèle qu'elle établit
entre l'auteur d'Iphigénie et celui de

Lucrèce Borgia, et dans lequel elle rappelle ces beaux vers de Clytemnestre :

« Un prêtre, environné d'une foule cruelle,
» Portera sur ma fille une main criminelle, »
Etc., etc.

Mais ici je me demande si la légitime
indignation dont elle s'est sentie pénétrée
pour les drames de Victor Hugo ne l'a pas
entraînée trop loin dans le jugement qu'elle
porte à son égard.

Ainsi, dans sa lettre neuvième, elle nous
dit que Victor Hugo ne jouit pas en France
de la réputation qu'on lui attribue en
Angleterre ; que la France paraît rougir de
lui. La France ne rougit pas de lui. La
France, à une certaine époque, a été fière
de lui. Maintenant elle s'afflige de le voir
engagé dans une voie déplorable où il souille
et fane ses palmes poétiques ; mais elle
espère qu'il se relèvera du fond de l'abîme,
pour s'élancer de nouveau dans les hautes
et pures régions de la poésie.

Il est pour la poésie, comme pour la morale, une seconde innocence presque égale à sa sœur en grâce et en beauté. C'est celle du repentir, et celle-là du moins n'est pas interdite à l'auteur des *Odes et Ballades*.

Ce qu'il y a de bien sévère de la part de mistriss Trollope, et ce qui méritait surtout une réponse, c'est qu'elle semble envelopper tous ses ouvrages dans la même proscription. « Il n'y a pas, dit-elle dans la » même lettre, il n'y a pas dans ses ouvra- » ges, je le crois sincèrement, une seule » pensée religieuse, innocente et pure. » *There is not, I truly believe, a single, pure, innocent and holy thought throughout his writings.*

On doit regretter qu'avant de formuler un arrêt aussi rigoureux, elle n'ait pas cru devoir relire les poésies de Victor Hugo, en se dégageant, autant que possible, des préventions que la lecture de ses drames lui avait inspirées. Il est permis de croire qu'elle eût alors fait une distinction entre l'auteur des *Odes et Ballades,* des *Orien-tales,* des *Feuilles d'automne,* et l'écrivain dramatique. Victor Hugo a fait assez de bruit en France, il y jouit d'une assez grande renommée, il est assez haut placé parmi nos illustrations poétiques, pour mériter au moins de n'être pas jugé sans examen.

Avant de nous occuper de ses *Odes,* jetons un coup d'œil rapide sur les circonstances qui ont marqué ses premiers pas dans la carrière où il a marché depuis à pas de géant.

II.

*

Il y a une quinzaine d'années, quelques amis des lettres s'étaient réunis pour fonder une société qui prit le nom de société des *Bonnes Lettres*. Le but de cette institution était de soutenir les saines doctrines littéraires, de protéger les jeunes talents encore peu connus, et d'opposer une digue aux empiètements de la nouvelle école, qui, sans avoir encore de chefs bien célèbres, commençait à compter un assez grand nombre d'adeptes.

M. de Chateaubriand était notre président. Plusieurs de ses confrères de l'Académie française, MM. Roger, Michaud, Lacretelle, siégeaient à ses côtés. Là était M. Mennechet, lecteur du roi, auteur de contes en vers très spirituels ; là le sévère Laurentie, inflexible rédacteur de la Quotidienne ; là le jeune protégé de madame la duchesse d'Uzès, M. Briffaut, l'académicien, qui fait de très jolis vers de salon et les lit dans la perfection ; là M. Véron qui depuis s'est amusé à se faire directeur de l'Opéra, ce dont il s'est tiré avec un million bien compté, mais qui alors n'était qu'un jeune disciple d'Esculape, faisant avec succès de la médecine littéraire, ou plutôt de la littérature médicale ; là M. Jolivet l'as-

tronome, M. Vial, l'auteur comique; là
beaucoup d'autres.

Pourvu qu'ils fussent en harmonie avec
les théories littéraires de l'institution, tous
les genres de composition y étaient admis,
même le genre ennuyeux qui, on peut le
dire à présent qu'elle est morte, se glissait
de temps en temps à la tribune.

Mais la société, sans le savoir, nourrissait
un serpent dans son sein. C'est une chose
assez digne de remarque, qu'un des prin-
cipaux chefs de l'école dite *romantique*, un
des hommes qui ont le plus contribué à
tout bouleverser dans le système de nos
théories sur l'art, la critique et le style;
que celui qui devait un jour écrire *Lucrèce
Borgia* et *Angelo*, ait fait ses débuts, ait
reçu ses premiers applaudissements, le
traître, dans une institution conservative
(qui, par parenthèse, n'a rien conservé),
dans une institution fondée pour le main-
tien du bon goût et de la bonne littérature.

BIBLIOTHÈQUE ROYALE

Parmi les jeunes auteurs qui se présen-
taient dans cette arène littéraire, on en re-
marquait un plus jeune que tous, à la
blonde chevelure, aux formes douces et
modestes, mais dont le regard annonçait
déjà l'inspiration. Plusieurs odes, lues devant le nombreux et brillant auditoire que
nos séances ne manquaient jamais d'attirer,
avaient excité un enthousiasme général. On
était charmé et surpris tout à la fois de cette
poésie si neuve, si fraîche, si harmonieuse;
M. de Chateaubriand proclamait l'auteur
un enfant de génie. Cet enfant de vingt-
quatre ans, qui n'en paraissait pas alors
plus de vingt, c'était Victor Hugo.

Voilà le point de départ de sa carrière
poétique. Au bout de quelque temps, il
publia ses *Odes et Ballades*, et elles n'eurent pas moins de succès au grand jour de
l'impression, qu'elles n'en avaient eu dans
le cercle des *Bonnes Lettres*. Mais les honneurs, dit-on, gâtent les mœurs; *hono-
res mutant mores*. L'enfant de génie avait

grandi ; les triomphes l'enivraient ; la jeunesse le portait aux nues : Victor se vit appelé aux plus éclatants triomphes, et à
devenir le chef d'une école puissante.
Quelques romans, purs délassements d'esprit, indiquèrent une tendance marquée
vers les aberrations de ce qu'on appelait
alors le *romantisme*. L'horrible figure de
Han d'Islande parut avec son ours et son
cortége de cadavres et d'ossements. La
Morgue commença à jouer son rôle dans
la littérature. Ce livre causa d'abord une
sorte de stupeur. Le style (*) et le sujet
paraissaient le résultat d'un rêve pénible,
infiniment trop prolongé, d'un de ces

(*) On y trouvait les phrases suivantes et un grand nombre du même genre : « Tout se tut, comme lorsque le cri
subit d'un coq s'élève parmi le glapissement des poules. — Où
en veux-tu donc venir avec ta grimace aimable qui ressemble
si bien au dernier éclat de rire d'un pendu? — Son corps était
faible, et ses os s'entrechoquaient dans leurs jointures. — On
voit de grands nuages déformés se coucher lentement sur l'horizon comme des cadavres de fantômes. »

effrayants cauchemars dont il nous a donné
lui-même une description si pittoresque :

Sur mon sein haletant, sur ma tête inclinée,
Écoute, cette nuit, il est venu s'asseoir;
Posant sa main de plomb sur mon âme enchaînée,
Dans l'ombre il la montrait, comme une fleur fanée,
    Aux spectres qui naissent le soir.

Ce monstre aux éléments prend vingt formes nouvelles.
Tantôt d'une eau dormante il lève son front bleu ;
Tantôt son rire éclate en rouges étincelles ;
Deux éclairs sont ses yeux ; deux flammes sont ses ailes ;
    Il vole sur un lac de feu.

Comme d'impurs miroirs, des ténèbres mouvantes
Répètent son image en cercle autour de lui ;
Son front confus se perd dans des vapeurs vivantes ;
Il remplit le sommeil de vagues épouvantes,
    Et laisse à l'âme un long ennui.

Enfin on se plut à n'y voir qu'un écart
passager d'imagination, que des travaux
d'un ordre plus relevé feraient bientôt oublier.

La publication des *Orientales* vint ajou-
ter un nouveau lustre à la renommée dont
Victor Hugo jouissait déjà. Ce n'était plus
sans doute cet enthousiasme et cette verve
lyrique qui avaient dicté les *Odes;* mais ces
tableaux de l'Orient étaient si colorés; une
poésie si pure et si brillante recouvrait ce
fond, un peu vide sans doute, qu'on re-
trouvait avec plaisir le talent de l'auteur,
et quelque chose même de plus mûri et
de plus correct dans son langage poétique.

Il fit paraître successivement les *Feuil-*
les d'automne et les *Chants du crépuscule.*
Ces deux ouvrages se rapportent à une époque plus avancée, à ces dernières années
de la jeunesse où la pensée et l'inspiration
tombent du front du poëte plus graves et
plus sérieuses; où il jette autour de lui de
longs et pensifs regards, et semble se faire
un amer plaisir de passer en revue toutes
les illusions détruites.

Il n'entre pas au reste dans le plan, ni

dans les dimensions de cet ouvrage, qui
n'est guère qu'un long feuilleton, d'examiner dans leur entier les divers recueils de
poésie de Victor Hugo, et d'en faire res-
sortir les différents caractères; je me bornerai à l'examen critique des *Odes et Ballades*, bien sûr, tout en faisant la part des
défauts, d'y trouver de quoi justifier le titre
de poëte que la France lui a décerné; bien
sûr aussi d'y rencontrer de ces pensées
religieuses, nobles et pures, que mistriss
Trollope lui dénie d'un trait de plume.

III.

*

Voltaire disait, il y a cent ans, dans une des préfaces de Marianne, et en parlant plus particulièrement du drame : « Tout ouvrage en vers, quelque beau qu'il soit d'ailleurs, sera nécessairement ennuyeux

2

si tous les vers ne sont pleins de force et
d'harmonie, si l'on n'y trouve pas une élégance continue, si la pièce n'a pas *ce
charme inexprimable de la poésie que le
génie seul peut donner, auquel l'esprit ne
saurait jamais atteindre*, et sur lequel on
raisonne si mal et si inutilement depuis
Boileau. »

Malgré cet arrêt porté par le roi de la
littérature du xviiie siècle, on a continué
de beaucoup raisonner et déraisonner sur
la poésie, mais fort inutilement, comme
disait Voltaire. Que de volumes ne ferait-
on pas avec ce qui a été écrit seulement
sur cette question : *Qu'est-ce que la poésie?*
Il est vrai que depuis Voltaire les théories
à cet égard ont beaucoup changé et la pratique davantage encore.

Dernièrement un de nos auteurs dramatiques en renom, M. Alexandre Dumas,
disait dans un morceau de critique littéraire : « Il y a une poésie qu'il n'est pas per-

mis d'ignorer, qui s'apprend dans Richelet,
dans Boiste et dans Lhomond. Mais la poésie dont je parle, cette poésie qui se répand
dans la prose comme dans les vers, dans
la pensée comme dans l'exécution, dans
le fond comme dans la forme, c'est cette
flamme céleste qu'on reçoit et qu'on ne
conquiert pas. Dieu la répand à flots sur la
terre; elle glisse en vapeur sur les lacs,
elle se groupe en nuage au sommet des
montagnes; elle nous éblouit avec l'éclair,
elle éclate sur nos têtes avec la foudre. Le
volcan la vomit dans sa lave, la mer la réflé-
chit dans ses vagues, le ciel la fait briller
dans ses étoiles. Les élus qui l'ont reçue,
cette poésie, la retrouvent et la reconnaissent partout, et partout où ils la retrouvent
et la reconnaissent, ils se mettent soudain
en harmonie avec elle. De là ces hommes
qui voient des choses que la foule ne comprend pas, et qui racontent des choses que
la foule ne croit pas, ces hommes qui s'ap-

pellent Orphée, Homère, Sophocle*, etc. L'*Impartial*, *avril* 1836.

M. de Lamartine, dans son discours de réception à l'Académie française, a dit :

(*) Notez que cette dernière phrase renferme une idée fausse ou au moins très incomplète. Car la poésie n'exciterait jamais la sympathie des masses, les poëtes ne seraient jamais populaires, si la foule ne devait ni les comprendre ni les croire. Qui fait le succès des bonnes tragédies, si ce n'est que le poële, peignant les passions et le cœur humain, présente à la foule des beautés et des images frappantes de vérité qu'elle n'aurait pas, il est vrai, aperçues sans lui, mais qu'elle comprend très bien et qu'elle saisit avec enthousiasme ? Pour ne parler que de notre théâtre, dira-t-on que la foule ne comprend pas le Cid et Chimène, l'âme ardente d'Émilie, la grandeur de Nicomède, écrasant de son amère ironie les Romains dans la personne de Flaminius, la foi vive et le sacrifice de Polyeucte, les affreuses douleurs de Phèdre, le désespoir d'Oreste lorsque Hermione lui reproche le meurtre de Pyrrhus, les angoisses de l'amour maternel chez Mérope, etc. ? Et pourquoi la foule comprend-elle toutes ces choses ? c'est grâce aux habiles préparations des maîtres de l'art. Car le génie tout seul ne suffit pas pour pro-

« La poésie, dont une sorte de profanation
intellectuelle avait fait long-temps parmi

duire un bon drame, un drame qui excite des émotions vives
et profondes. Il faut y joindre le travail.

Comme dit Jean-Baptiste Rousseau, en style lyrique, dans
sa belle ode au comte du Luc:

Des veilles , des travaux , un faible cœur s'étonne.
Apprenons toutefois que le fils de Latone
   Dont nous suivons la cour ,
Ne nous vend qu'à ce prix ses traits de vive flamme ,
Et ces ailes de feu qui ravissent une âme
   Au céleste séjour.

Cette foule qui applaudit avec transport au théâtre, qui
est émue, passionnée, ne se doute pas de tout ce que ces
belles scènes ont coûté de veilles à l'écrivain qui les a tracées.
Ce qu'elle voit, ce qu'elle entend la touche ou l'attendrit,
excite en elle la pitié ou la terreur, mais le travail secret
lui échappe, les ressorts de cette admirable machine sont
cachés à ses yeux. Certains auteurs de nos jours, ou dé-
pourvus du génie dramatique, ou pressés de jouir de leurs
œuvres et travaillant vite, négligent ces utiles préparations, ou
s'égarent à dessein dans de faux systèmes. Qu'en résulte-t-il ?

nous une habile torture de la langue, un
jeu stérile de l'esprit, se souvient de son
origine et de sa fin. Elle renaît fille de l'enthousiasme, de l'inspiration , et du sanctuaire. Expression idéale et mystérieuse de
ce que l'âme a de plus éthéré et de plus
inexprimable, sens harmonieux des douleurs
ou des voluptés de l'esprit, après avoir

que leurs drames sont mauvais. Et ils ne veulent pas qu'on le
leur dise. Certes il n'est pas nécessaire d'être aussi misanthrope
qu'Alceste pour s'écrier comme lui :

Hors qu'un commandement exprès du roi ne vienne
De trouver bons les vers dont on se met en peine,
Je soutiendrai toujours, morbleu, qu'ils sont mauvais,
Et qu'un homme est *coupable* après les avoir faits.

Vous vous plaignez qu'on ne vous comprend pas ; je le crois
bien. Il y a de bonnes raisons pour cela. Mais faites-vous comprendre. La foule n'est pas faite pour les poëtes ni pour les écrivains dramatiques ; mais bien ceux-ci pour la foule. Vous ne
serez poëte qu'à la condition d'être compris. Demandez à la
foule qui assiége Drury-Lane ou Covent-Garden, lorsqu'on
joue les pièces de Shakespeare, si elle ne les comprend pas.

enchanté de ses fables la jeunesse du genre
humain, elle l'élève sur ses aîles plus fortes
jusqu'à la vérité plus poétique que ses
songes, et cherche des sons et des images
pour lui parler enfin la langue de sa force
et de sa virilité. »

Tout cela est plus pompeux et plus so-
nore que les simples lignes de Voltaire,
mais est-ce plus clair, et se fait-on, après
les avoir lues, une idée plus exacte de la
poésie? Je ne le pense pas. La poésie, on
ne peut la définir. C'est ce qu'il y a de
grand, de noble et de vrai dans le monde
moral et physique. Mais il faut que l'œil
perçant du poëte, creusant au fond de
la nature ou de l'âme humaine, nous présente ce grand, ce noble et ce vrai sous
des couleurs vives et fidèles qui frappent et
saisissent. On peut dire d'elle ce que
M. d'Arlincourt disait d'une de ses héroïnes, dans son poëme de la *Caroleïde*,
qu'elle est partout et nulle part. Partout

pour certaines organisations privilégiées, nulle part pour le vulgaire.

Il est curieux d'examiner tout le mal que se donnent nos jeunes écrivains pour échafauder, pour bâtir un système, pour se poser devant le public, chacun avec une théorie littéraire à lui. « Nous arrivons à la suite d'une grande révolution politique et sociale, il en faut une semblable dans la langue et dans l'*art*; nous ne pouvons décemment penser comme pensaient nos pères, ni surtout écrire comme eux; ce serait absurde. »

Il nous faut du nouveau, n'en fût-il plus au monde.

Nous avons vu, par exemple, M. Hugo, dans l'immense préface de Cromwell, faire une inconcevable dépense d'esprit et de style, pour établir que les temps primitifs du monde étaient *lyriques*, les temps anciens *épiques*, et que l'époque actuelle est essentiellement *dramatique ;* et pour preuve, il a fait d'admirables poésies lyriques et de très mauvais drames. D'autres nous assurent que l'époque actuelle est lyrique et ne peut être autre chose. A la Bourse et à Tortoni on dit qu'elle est purement *métallique*, c'est-à-dire anti-poétique. Il en est qui ont découvert que Racine n'est pas poëte dramatique, mais qu'il est seulement *élégiaque*. Ah! j'oubliais; il y en a qui assurent que nous vivons dans un temps tout-à-fait élégiaque. Enfin c'est une confusion à ne pas s'entendre, une véritable tour de Babel littéraire.

Quoi qu'il en soit, il est heureux pour la gloire de Victor Hugo qu'il n'ait pas eu foi en lui-même, qu'il ait douté de son infaillibilité, qu'il ait fait des odes enfin, en dépit de ses théories qui voulaient que l'époque actuelle fût exclusivement dramatique. S'il eût cru sincèrement à ses doctrines nous aurions un poëte de moins.

A l'époque où il composa ses *Odes et*

Ballades, sa jeune âme était encore tout impressionnée par des croyances chevale-resques et monarchiques qui jetèrent leur éclatant reflet sur sa poésie. Il semble aujourd'hui que des siècles nous séparent de ces idées d'un autre temps, mais alors elles plurent singulièrement, revêtues surtout qu'elles étaient du prestige des beaux vers.

Voyez le début de la seconde ode du recueil intitulé *la Vendée*. Le souvenir de nos guerres civiles et des crimes de nos dernières révolutions le poursuit et l'inspire :

« Qui de nous, en posant une urne cinéraire,

» N'a trouvé quelque ami pleurant sur un cercueil?

» Autour du froid tombeau d'une épouse ou d'un frère,

» Qui de nous n'a mené le deuil? »

— Ainsi, sur les malheurs de la France éplorée,

Gémissait la muse sacrée,

Qui nous montra le ciel ouvert,

Dans ces chants, où planant sur Rome et sur Palmyre,

Sublime, elle annonçait les douceurs du martyre

Et l'humble bonheur du désert.

Depuis, à nos tyrans rappelant tous leurs crimes,
Et vouant aux remords ces cœurs sans repentirs,
Elle a dit : « En ces temps la France eut des victimes;
    » Mais la Vendée eut des martyrs ! »
— Déplorable Vendée, a-t-on séché tes larmes?
    Marches-tu, ceinte de tes armes,
      Au premier rang de nos guerriers?
Si l'honneur, si la foi n'est pas un vain fantôme,
Montre-moi quels palais ont remplacé le chaume
    De tes rustiques chevaliers !

Hélas! tu te souviens des jours de ta misère!
Des flots de sang baignaient tes sillons dévastés,
Et le pied des coursiers n'y foulait de poussière
    Que la cendre de tes cités!
Ceux-là qui n'avaient pu te vaincre avec l'épée
    Semblaient, dans leur rage trompée,
      Implorer l'enfer pour appui;
Et, roulant sur la plaine en torrents de fumée,
Le vaste embrasement poursuivait ton armée,
    Qui ne fuyait que devant lui !

La Loire vit alors, sur ses plages désertes,
S'assembler les tribus des vengeurs de nos rois,

Peuple qui ne pleurait, fier de ses nobles pertes,
Que sur le Trône et sur la Croix.
C'étaient quelques vieillards fuyant leurs toits en flammes,
C'étaient des enfants et des femmes,
Suivis d'un reste de héros;
Au milieu d'eux marchait leur Patrie exilée;
Car ils ne laissaient plus qu'une terre peuplée
De cadavres et de bourreaux.

Cette troisième strophe respire au dernier point le mouvement lyrique. L'image y est grandiose, et elle a le douloureux mérite de revêtir une pensée vraie. L'histoire est là pour l'attester. N'admirez-vous pas avec nous ces vers de la quatrième,

C'étaient quelques vieillards fuyant leurs toits en flammes,
C'étaient des enfants et des femmes,
Suivis d'un reste de héros.

Et ne semble-t-il pas que le choix même du rythme s'associe et s'harmonise heureusement avec l'image que le poëte veut nous présenter? Ils ont quelque chose de plaintif et de touchant que la chute du troisième complète parfaitement.

Le poëte passe en revue les désastres de la Vendée, et rappelle ensuite la joie que dûrent éprouver ceux de ces généreux soldats qui avaient survécu, lorsqu'ils furent témoins du retour de leurs princes. Mais tout-à-coup une amère pensée vient le saisir : il songe à l'ingratitude que montrent trop souvent les puissants de la terre envers ceux qui se sont sacrifiés pour eux; il voit combien alors ces nobles âmes seront brisées par l'injustice et par l'oubli.

🦋

« Grand Dieu ! — Si toutefois, après ces jours d'ivresse,

» Blessant le cœur aigri du héros oublié,

» Une voix insultante offrait à sa détresse

    » Les dons ingrats de la pitié;

» Si sa mère, et sa veuve, et sa fille éplorées,

    « S'arrêtaient, de faim dévorées,

    » Au seuil d'un favori puissant,

» Rappelant à celui qu'implore leur misère,

» Qu'elles n'ont plus ce fils, cet époux et ce père

    » Qui croyait leur léguer son sang;

» Si, pauvre et délaissé, le citoyen fidèle ,

» Lorsqu'un traître enrichi se rirait de sa foi ,

» Entendait au sénat calomnier son zèle

    » Par celui qui jugea son Roi ;

» Si , pour comble d'affronts , un magistrat injuste ,

    » Déguisant sous un nom auguste

    » L'abus d'un insolent pouvoir,

» Venait , de vils soupçons chargeant sa noble tête ,

» Lui demander ce fer, sa première conquête ,——

    » Peut-être son dernier espoir;

Mais la grande consolatrice des infortunes humaines, la religion, s'offre à lui, et lui fournit ces belles inspirations.

» Qu'il se résigne alors ! —— Par ses crimes prospères ,

» L'impie heureux insulte au fidèle souffrant :

» Mais que le juste pense aux forfaits de nos pères ,

    » Et qu'il songe à son Dieu mourant.

» Le Seigneur veut parfois les triomphes du vice ;

    » Il veut aussi , dans sa justice ,

    » Que l'innocent verse des pleurs ;

» Souvent , dans ses desseins, Dieu suit d'étranges voies ,

» Lui qui livre Satan aux infernales joies ,

    » Et Marie aux saintes douleurs ! »

IV.

*

Je suis obligé de citer souvent; c'est la meilleure manière de faire connaître un poëte. Je ne saurais résister au désir de citer en entier l'ode intitulée : *Les Vierges de Verdun.* On pourrait dire que c'est un petit poëme dont la marche est aussi simple et aussi touchante que les couleurs en sont vives et variées. Il semble vraiment qu'ici la langue, docile aux désirs de l'auteur, s'assouplisse suivant les exigences du sujet, et se prête, avec une grâce particulière, à tout ce que lui dicte sa brillante imagination.

I.

Pourquoi m'apportez-vous ma lyre,
Spectres légers ? — que voulez-vous ?
Fantastiques beautés, ce lugubre sourire
M'annonce-t-il votre courroux ?
Sur vos écharpes éclatantes
Pourquoi flotte à longs plis ce crêpe menaçant ?
Pourquoi sur des festons ces chaînes insultantes,
Et ces roses teintes de sang ?

Retirez-vous : rentrez dans les sombres abîmes.....
Ah! que me montrez-vous ?... quels sont ces trois tombeaux ?
Quel est ce char affreux, surchargé de victimes ?
Quels sont ces meurtriers couverts d'impurs lambeaux ?

J'entends des chants de mort ; j'entends des cris de fête.

    Cachez-moi le char qui s'arrête !....

Un fer lentement tombe à mes regards troublés ;

J'ai vu couler du sang... Est-il bien vrai, parlez,

    Qu'il ait rejailli sur ma tête ?

Venez-vous dans mon âme éveiller le remord ?

    Ce sang... je n'en suis point coupable !

Fuyez, Vierges ; fuyez, famille déplorable...

Lorsque vous n'étiez plus, je n'étais pas encor !

Qu'exigez-vous de moi ? J'ai pleuré vos misères :

Dois-je donc expier les crimes de mes pères ?

    Pourquoi troublez-vous mon repos ?

Pourquoi m'apportez-vous ma lyre frémissante ?

Demandez-vous des chants à ma voix innocente,

    Et des remords à vos bourreaux ?

II.

Sous des murs entourés de cohortes sanglantes,

    Siége le sombre tribunal.

L'Accusateur se lève, et ses lèvres tremblantes

    S'agitent d'un rire infernal :

C'est Tainville. On le voit, au nom de la patrie,

5

Convier aux forfaits cette horde flétrie

D'assassins, juges à leur tour ;

Le besoin du sang le tourmente ;

Et sa voix homicide à la hache fumante

Désigne les têtes du jour.

Il parle, — ses licteurs vers l'enceinte fatale

Traînent les malheureux que sa fureur signale ;

Les portes devant eux s'ouvrent avec fracas ;

Et trois vierges, de grâce et de pudeur parées,

De leurs compagnes entourées,

Paraissent parmi les soldats.

Le peuple, qui se tait, frémit de son silence :

Il plaint son esclavage en plaignant leurs malheurs ;

Et repose sur l'innocence

Ses regards, las du crime, et troublés par ses pleurs.

Eh quoi ! quand ces beautés, lâchement accusées,

Vers ces juges de mort s'avançaient dans les fers,

Ces murs n'ont pas, croulant sous leurs voûtes brisées,

Rendu les monstres aux enfers !

Que faisaient nos guerriers ?.... Leur vaillance trompée

Prêtait au vil couteau le secours de l'épée ;

Ils sauvaient ces bourreaux qui souillaient leurs combats.

Hélas ! un même jour, jour d'opprobre et de gloire,

Voyait Moreau monter au char de la victoire,
       Et son père au char du trépas !

Quand nos chefs, entourés des armes étrangères,
       Couvrant nos cyprès de lauriers,
Vers Paris lentement reportaient leurs bannières,
Frédéric sur Verdun dirigeait ses guerriers.
Verdun, premier rempart de la France opprimée,
D'un roi libérateur crut saluer l'armée.
       En vain tonnaient d'horribles lois :
Verdun se revêtit de sa robe de fête,
Et, libre de ses fers, vint offrir sa conquête
       Au monarque vengeur des rois.

Alors, Vierges, vos mains (ce fut là votre crime !)
Des festons de la joie ornèrent les vainqueurs.
       Ah ! pareilles à la victime,
La hache à vos regards se cachait sous des fleurs.
Ce n'est pas tout, hélas ! sans chercher la vengeance,
Quand nos bannis, bravant la mort et l'indigence,
Combattaient nos tyrans encor mal affermis,
Vos nobles cœurs ont plaint de si nobles misères ;
Votre or a secouru ceux qui furent nos frères,
       Et n'étaient pas nos ennemis !

Quoi! ce trait glorieux , qui trahit leur belle âme ,
    Sera donc l'arrêt de leur mort!
Mais non , l'Accusateur, que leur aspect enflamme ,
    Tressaille d'un honteux transport.
Il veut, Vierges, au prix d'un affreux sacrifice ,
En taisant vos bienfaits , vous ravir au supplice ;
Il croit vos chastes cœurs par la crainte abattus.
Du mépris qui le couvre acceptez le partage ,
Souillez-vous d'un forfait, l'infâme aréopage
    Vous absoudra de vos vertus !

    Répondez-moi, Vierges timides :
Qui d'un si noble orgueil arma ces yeux si doux ?
Dites, qui fit rouler dans vos regards humides
    Les pleurs généreux du courroux ?
    Je le vois à votre courage,
    Quand l'oppresseur qui vous outrage
N'eût pas offert la honte en offrant son bienfait,
Coupables de pitié pour des Français fidèles ,
Vous n'auriez pas voulu, devant des lois cruelles ,
    Nier un si noble forfait !

C'en est donc fait : déjà sous la lugubre enceinte
A retenti l'arrêt dicté par la fureur.

Dans un muet murmure, étouffé par la crainte,
Le peuple, qui l'écoute, exhale son horreur.
Regagnez des cachots les sinistres demeures,
    O Vierges! encor quelques heures...
Ah! priez sans effroi, votre âme est sans remord.
    Coupez ces longues chevelures,
Où la main d'une mère enlaçait des fleurs pures,
Sans voir qu'elle y mêlait les pavots de la mort!

Bientôt ces fleurs encor pareront votre tête;
Les anges vous rendront ces symboles touchants;
Votre hymne de trépas sera l'hymne de fête
Que les Vierges du ciel rediront dans leurs chants.
Vous verrez près de vous, dans ces chœurs d'innocence,
Charlotte, autre Judith, qui vous vengea d'avance,
Cazotte, Élisabeth, si malheureuse en vain,
Et Sombreuil, qui trahit par ses pâleurs soudaines
Le sang glacé des morts circulant dans ses veines;
Martyres, dont l'encens plaît au Martyr divin!

III.

Ici, devant mes yeux erraient des lueurs sombres,
Des visions troublaient mes sens épouvantés,

Les Spectres sur mon front balançaient, dans les ombres,
De longs linceuls ensanglantés ;
Les trois tombeaux, le char, les échafauds funèbres,
M'apparurent dans les ténèbres.
Tout rentra dans la nuit des siècles révolus ;
Les Vierges avaient fui vers la naissante aurore ;
Je me retrouvai seul, et je pleurais encore
Quand ma lyre ne chantait plus !

Il faut convenir qu'il y a d'admirables
secrets dans l'art divin des poëtes. Un de
nos plus illustres prosateurs s'écriait, après
avoir entendu de beaux vers : « *Cela est
» beau comme de la belle prose !* » Ce mot est
resté comme un des traits les plus curieux
de la vanité d'écrivain ; mais il n'en est pas
moins certain que le travail auquel le poëte
est obligé de se livrer, pour mouler ses idées
dans un rythme arrêté d'avance, élève l'essor
de son esprit. La lutte, si animée, si te-
nace, de la pensée première, avec cette
forme admirable à laquelle il aspire, avant
même de la connaître, ouvre comme une
mine féconde d'où jaillit l'expression, plus

vive, plus pittoresque, plus pénétrante.

Supposez que Chateaubriand, Lamartine, Victor Hugo lui-même, eussent voulu nous présenter en prose ce drame si attendrissant des *Vierges de Verdun*, croyez-vous qu'ils auraient égalé le morceau que je viens de citer ? Où est la *belle prose* qui pourrait rivaliser avec cette seconde et cette troisième strophes ?

> Ce sang.... je n'en suis point coupable...
> Lorsque vous n'étiez plus, je n'étais pas encor !
> Qu'exigez-vous de moi ? j'ai pleuré vos misères.

Et plus loin, dans les strophes suivantes, le peuple qui *frémit de son silence,*

> Et repose sur l'innocence
> Ses regards las du crime, et troublés par ses pleurs.

> Qui d'un si noble orgueil arma ces yeux si doux ?
> Dites, qui fit rouler dans ces regards humides
> Les pleurs généreux du courroux ?

Comme tout cela fait image, et réalise bien le *ut pictura poësis!*

Au reste, je n'ai pas pris la plume en faveur de l'auteur des *Odes et Ballades* avec un parti pris de toujours louer. Nous n'aurons que trop d'occasions de signaler des fautes, dont quelques unes sont d'autant plus répréhensibles qu'elles sont volontaires et préméditées.

Ainsi à la fin de la seconde strophe,

> Coupez ces longues chevelures
> Où la main d'une mère enlaçait des fleurs pures,
> Sans voir qu'elle y mêlait les pavots de la mort.

Le second vers était bien, et pouvait amener quelque chose de réellement touchant; mais il est gâté par le suivant. Cette *main qui enlace sans voir* (car, d'après les lois de notre langue, c'est évidemment ici la main qui ne *voit pas*), et puis ces pavots mythologiques qui arrivent là tout d'un coup, et sont en désaccord complet avec le

ton général du poëme, et avec les croyances chrétiennes qui éclatent dans l'avant-
dernière strophe, tout cela était à retrancher. Il est même un reproche plus grave
qu'on pourrait faire ici au poëte, c'est de
n'avoir pas su trouver quelques traits de
sensibilité profonde dans un sujet qui y
prêtait si naturellement. La mort préma-
turée de ces trois jeunes filles pouvait amener quelques unes de ces réflexions poi-
gnantes empruntées à la vie intime, aux
affections de famille, aux espérances
trompées, aux doux souvenirs, etc., qui
auraient si bien complété le charme dont
ce récit est empreint.

M. Hugo aurait pu se rappeler ces vers
d'Iphigénie apprenant qu'elle doit bientôt,

. . . . victime obéissante,
Tendre au fer de Calchas une tête innocente.

. . . .

Peut-être assez *d'honneurs* environnaient ma vie
Pour ne pas souhaiter qu'elle me fût ravie,
Ni qu'en me l'arrachant, un sévère destin

Si près de ma naissance en eût marqué la fin.

. . . .

. . . . . A mon triste sort, vous le savez, seigneur,
Une mère, un amant, attachaient leur bonheur.

. . . .

Déjà sûr de mon cœur à sa flamme promis,
Il s'estimait heureux. Vous me l'aviez permis.
Ma mère est devant vous, et vous voyez ses larmes.

. . . .

Et plus loin, lorsqu'elle dit à sa mère
pour la consoler :

Ma mort n'emporte pas tout le fruit de vos feux.
De l'amour qui vous joint vous avez d'autres nœuds.
Vos yeux me reverront dans Oreste mon frère.
Puisse-t-il être, hélas ! moins funeste à sa mère !

Au reste, sans aller chercher chez les
autres la trace des inspirations du cœur,
nous savons que Victor Hugo pouvait les
trouver en lui-même. N'a-t-il pas mis ces
vers dans la bouche de l'épouse de Cromwell ?

. . . . Songez à votre pauvre mère.

Hélas ! votre grandeur, incertaine, éphémère,

A troublé ses vieux jours. Mille soucis cuisants

L'ont poussée au tombeau plus vite que les ans.

Calculant les périls où vous êtes en butte,

Son œil, quand vous montiez, mesurait votre chute.

Chaque fois qu'abattant tour à tour vos rivaux,

Londres solennisait vos triomphes nouveaux,

Si jusqu'à son oreille engourdie et glacée

Arrivait le bruit sourd de la ville empressée,

Les canons, le beffroi, le pas des légions,

Et le peuple éclatant en acclamations,

Réveillée en sursaut, et relevant sa tête,

Cherchant dans ses terreurs un prétexte à la fête,

Tremblante, elle criait : Grand Dieu ! mon fils est mort !

Ces vers sont de Corneille pour l'énergique âpreté de la forme, et de Racine pour la pensée. L'ouvrage même que nous examinons offre des traits de sensibilité de ce genre. Ainsi, dans l'ode intitulée : *La Mort de mademoiselle de Sombreuil*, celle-ci, adressant sa prière à Dieu, lui dit :

— O mon Dieu, retardez mon heure.

Loin de la vallée où l'on pleure,

V.

*

Une des odes les plus remarquables du recueil est sans contredit celle qui a pour titre : *Louis XVII*. Quel sujet, en effet, pouvait être plus fertile en émotions, plus propre à élever l'inspiration lyrique jus-

qu'au sublime? Un jeune enfant, fils de
roi, élevé dans les grandeurs, enlevé tout
d'un coup de la demeure royale, arraché
aux embrassements maternels, jeté au fond
d'une obscure prison où le chagrin et les
privations le font mourir à douze ans!

C'était un bel enfant qui fuyait de la terre.
Son œil bleu du malheur portait le signe austère.
Ses blonds cheveux flottaient sur ses traits pâlissants,
Et les vierges du ciel, avec des chants de fête,
Aux palmes du martyre unissaient, sur sa tête,
  La couronne des innocents.

Les anges le saluent du nom de roi :

« Où donc ai-je régné ? » demandait la jeune ombre.
» Je suis un prisonnier, je ne suis point un roi.
» Hier je m'endormis au fond d'une tour sombre.
» Où donc ai-je régné? Seigneur, dites-le-moi.
» Hélas, mon père est mort d'une mort bien amère!
» Ses bourreaux, ô mon Dieu! m'ont abreuvé de fiel ;
» Je suis un orphelin, je viens chercher ma mère,
  » Qu'en mes rêves j'ai vue au ciel.

— » Quoi ! de ma longue vie ai-je achevé le reste? »

Disait-il ; « tous mes maux, les ai-je enfin soufferts ?

» Est-il vrai qu'un geôlier de ce rêve céleste

» Ne viendra pas demain m'éveiller dans mes fers ?

» Captif, de mes tourments cherchant la fin prochaine ,

» J'ai prié, Dieu veut-il enfin me secourir?

» Oh ! n'est-ce pas un songe? A-t-il brisé ma chaîne?

  » Ai-je eu le bonheur de mourir ?

» Car vous ne savez point quelle était ma misère !

» Chaque jour dans ma vie amenait des malheurs ;

» Et, lorsque je pleurais, je n'avais pas de mère

» Pour chanter à mes cris, pour sourire à mes pleurs.

» D'un châtiment sans fin languissante victime ,

» De ma tige arraché comme un tendre arbrisseau ,

» J'étais proscrit bien jeune, et j'ignorais quel crime

  » J'avais commis dans mon berceau.

Rien, dans notre poésie, n'est plus beau que ces trois strophes. Il faut cependant en excepter la comparaison du jeune arbrisseau qui est bien banale, et qui est d'ailleurs mal exprimée. Un rejeton peut bien être arraché d'une tige, mais non pas un

arbrisseau. Quand on arrache un arbrisseau, c'est avec ses racines. Cette observa-
tion pourra paraître minutieuse, mais il n'y
a rien de minutieux quand il s'agit de style.
De semblables taches déparent les meil-
leurs vers, et nuisent à l'effet. Il faut être
vrai et correct avant tout. La Harpe, dans
son chapitre sur Rousseau, après avoir
signalé quelques incorrections dans une de
ses odes, ajoute : « J'ai cru devoir les relever,
» parce que les fautes des grands écrivains
» sont très dangereuses si on ne les rend
» pas instructives. » (a)

L'ode se termine par ces mots de l'*éternelle voix parlant dans l'infini.*

Enfant, tu t'es courbé sous le poids de la vie,
Et la terre pourtant d'espérance et d'envie
   Avait entouré ton berceau.
Viens, ton Seigneur lui-même eut ses douleurs divines,
Et mon fils, comme toi, roi couronné d'épines,
   Porta le sceptre de roseau.

On voit que la pensée religieuse, la pensée chrétienne apparaît encore ici. Elle se reproduit souvent dans les Odes, et c'est plutôt peut-être (sous le rapport de l'art) le retour trop fréquent de cette pensée que son absence, qu'on pourrait trouver à reprendre.

Ce serait vouloir faire une nouvelle édition des poésies de Victor Hugo que de citer ainsi des odes presque entières. Il y a d'ailleurs quelque chose de monotone dans cette série de sujets à peu près analogues, quelque intérêt que puissent d'ailleurs exciter les infortunes des familles royales. Relisez l'ode sur la mort du duc de Berry, vous la trouverez admirable, et vous y remarquerez cette strophe qui nous rappelle ce que Jean-Baptiste Rousseau a fait de mieux : le poëte décrit le moment où l'infortuné père du duc d'Enghien accourt près du lit de mort où était placé le duc de Berry, entouré de sa famille désolée :

Ainsi, Bourbon, au bruit du forfait sanguinaire,
On te vit vers d'Artois accourir désolé ;

Car tu savais les maux que laisse au cœur d'un père
    Un fils avant l'âge immolé.
Mais bientôt, chancelant dans ta marche incertaine,
    L'affreux souvenir de Vincenne
    Vint s'offrir à tes sens glacés ;
Tu pâlis ; et d'Artois , dans la douleur commune,
Sembla presque oublier sa récente infortune,
    Pour plaindre tes revers passés.

Cette chute si harmonieuse du quatrième vers :

    Un fils avant l'âge immolé,

semble une plainte inachevée que le désespoir étouffe, et qui ne peut s'exhaler. Ces deux derniers vers ont quelque chose qui remue jusqu'au fond du cœur pour qui se reporte à cette affreuse mort du duc d'Enghien, dans les fossés de Vincennes ; et ces deux grandes douleurs de père et de prince, dont la plus récente semble s'effacer devant la plus ancienne, offrent une image aussi touchante que sublime.

Je citerais encore la strophe suivante

comme parfaite si ce n'était cette expression *nos terres,* qui n'est là évidemment que pour rimer avec *sphères,* et qui est des plus prosaïques.

D'Enghien s'étonnera, dans les célestes sphères ,
De voir si tôt l'ami cher à ses jeunes ans ,
A qui le vieux Condé, prêt à quitter nos terres ,
    Léguait ses devoirs bienfaisants.
A l'aspect de Berry, leur dernière espérance ,
    Des rois que révère la France
    Les ombres frémiront d'effroi ;
Deux héros gémiront sur leurs races éteintes ,
Et le vainqueur d'Ivry viendra mêler ses plaintes
    Aux pleurs du vainqueur de Rocroy.

VI.

*

Dans le temps que M. Hugo composait
ses odes, il se trouvait saisi d'une sainte
indignation contre le xviiie siècle, qui avait
vu tant de crimes effroyables, et qu'on pouvait accuser de les avoir préparés par ses

doctrines prétendues philosophiques. Quoiqu'en vérité, quand on lit l'histoire, on y
trouve bien des crimes aussi, à des époques
et dans des lieux où l'influence des doctrines et des théories ne pouvait y être pour
rien. Les passions humaines sont partout
les mêmes; lorsqu'elles sont débordées
elles produisent presque toujours les mêmes
effets, et les horreurs du XVIIIe siècle ne
sont encore qu'un court chapitre dans les
sanglantes archives de l'humanité.

Elles nous frappent davantage, et nous
révoltent, parce qu'elles sont près de nous,
que nous en avons su les détails dès notre
enfance, que nos pères en ont été les
témoins ou les victimes. Mais reportons-
nous par la pensée, et à la conquête du
Nouveau-Monde, et aux guerres qui ont
désolé l'Europe et l'Asie, seulement dans
les temps modernes. Consultons nos pro-
pres annales, celles de nos voisins du nord
et du midi, que de meurtres, d'assassinats,
de bûchers! Que de raffinements de

cruauté! que de trônes renversés dans le sang! que de familles royales détruites, massacrées, torturées!...

Quoi qu'il en soit de ces tristes retours sur notre nature, il m'a paru que M. Hugo n'avait pas été heureusement inspiré dans l'ode intitulée : *Vision*, où il fait comparaître le dernier siècle en présence du souverain juge. Elle est cependant composée dans le rhythme qui me semble le plus favorable à son talent lyrique, la strophe en vers de huit syllabes; mais la versification est saccadée, et les images confuses. Elle a d'ailleurs quelque chose de raisonneur et de froid qui n'est pas du domaine de l'ode.

Cette réflexion me rappelle que l'auteur dit dans sa préface: « On entend tous les » jours, à propos de productions littéraires, » parler de la *dignité* de tel genre des *con-* » *venances* de tel autre, des *limites* de celui-ci, » des *latitudes* de celui-là; la *tragédie* inter- » dit ce que le *roman* permet; la *chanson* » tolère ce que l'*ode* défend, etc. L'auteur

»de ce livre a le malheur de ne rien com-
» prendre à tout cela ; il y cherche des cho-
» ses et n'y voit que des mots. Il lui semble
» que ce qui est réellement beau et vrai
» est beau et vrai partout. »

Je pourrais rappeler à M. Hugo le *non
erat hic locus* de l'Art poétique d'Horace :
mais c'est bien vieux. Je préfère lui citer
l'opinion d'un illustre écrivain qui fut un
des premiers admirateurs de son talent nais-
sant, et qu'il regarde avec raison comme
un des maîtres de l'art. M. de Chateaubriand
a dit dans l'Essai qu'il a publié récemment
sur la littérature anglaise : « Persuadons-
» nous bien qu'écrire est un art ; que cet
» art a des genres, que chaque genre a des
» règles. Les genres et les règles ne sont
» point arbitraires. Ils sont nés de la nature
» même. L'art a seulement séparé ce que la
» nature a confondu. Il a choisi les plus
» beaux traits sans s'écarter de la ressem-
» blance du modèle. La perfection ne détruit
» pas la vérité. »

Il y a un point sur lequel je suis parfaitement d'accord avec M. Hugo, savoir que
ce qui est réellement beau est beau partout. C'est un des axiomes éternels de toute
critique. Encore y aurait-il à bien s'entendre sur la signification de ces mots *réellement beau;* à distinguer le beau réel du
beau relatif, et du beau de convention. Pour
cela peut-être il faudrait se jeter dans de
subtiles et interminables discussions sur la
nature du *beau*. Tenons-nous-en donc aux
termes généraux de M. Hugo, et voyons
par exemple si l'ode dont je parlais, si la
Vision est *réellement belle.* J'y trouve ces
vers :

> Or, écoutez, fils de la terre,
> Vil peuple à la tombe appelé,
> Ce qu'en un rêve solitaire
> La vision m'a révélé.

Et je me demande ce que c'est qu'un
rêve solitaire.

C'était dans la cité flottante,

De joie et de gloire éclatante,

Où le jour n'a pas de soleil,

D'où sortit la première aurore

Si le jour qui règne dans la cité flottante, n'a pas de soleil, comment a-t-elle pu
avoir une aurore, qui n'est que le précur-
seur obligé du soleil ?

Plus loin je lis cette strophe :

Dans les cieux et dans les abîmes

Une voix alors s'entendit,

Qui, jusque parmi ses victimes,

Fit trembler l'Archange maudit.

Le char des Séraphins fidèles,

Semé d'yeux, brillant d'étincelles,

S'arrêta sur son triple essieu ;

Et la roue, aux flammes bruyantes,

Et les quatre ailes tournoyantes,

Se turent au souffle de Dieu.

Qu'est-ce qu'un char *semé d'yeux* qui
s'arrête sur *un triple essieu*, une *roue de*

flammes bruyantes et *quatre ailes tournoyantes* qui se *taisent au souffle de Dieu?*
Tout cela est de la poésie de très jeune
homme.

Dieu dit au XVIIIe siècle :

> Siècle innocent ou criminel,
>
> Faut-il que ton souvenir meure ?

Un siècle, quelque criminel qu'il soit,
ne meurt pas. Plus il est chargé de crimes,
plus il doit vivre dans la mémoire des
hommes.

> J'aimais une terre lointaine.

Pourquoi donc la France est-elle aux
yeux de Dieu une terre *lointaine?* Le trône
céleste est-il du côté des Antipodes?

> Un roi bon, une belle reine
>
> Conduisaient son peuple joyeux.
>
> Je bénissais leurs jours augustes.

Les hommes ont donné aux princes l'épithète d'*auguste* par comparaison, et même
dans ce sens *jours augustes* ne serait pas
très bon ; mais Dieu, qui est au-dessus de
tout, peut-il trouver quelque chose
d'auguste ?

En voilà assez, je pense, pour établir que
cette ode n'est pas *réellement belle.* Heureusement nous en avons déjà trouvé, et nous
en trouverons encore, qui méritent cet
éloge. J'ai cependant le regret de dire que
telle n'est pas celle qui suit, et qui est intitulée *Bonaparte.* C'est ici une ode politique, un tribut payé aux opinions qui
régnaient alors dans un certain monde.
Elle a pu, en effet, plaire, dans son temps, à
une classe de personnes que leurs passions
politiques aveuglaient au point de ne leur
faire voir dans Napoléon qu'un tyran sanguinaire. Mais elle ne peut plaire aux
hommes de goût, comme composition littéraire, ni aux hommes impartiaux, comme
donnée historique. Napoléon y est repré-

senté sous des couleurs exagérées et
fausses.

Parfois, élus maudits de la fureur suprème,
Entre les nations des hommes sont passés,
Triomphateurs long-temps armés de l'anathême;
Par l'anathême renversés !
De l'esprit de Nemrod héritiers formidables,
Ils ont sur les peuples coupables
Régné par la flamme et le fer !
Et dans leur gloire impie, en désastres féconde,
Ces envoyés du ciel sont apparus au monde,
Comme s'ils venaient de l'enfer !

On ne peut pas dire que Napoléon n'a
régné que par la flamme et le fer. Pendant
dix ans la France fut, sous son règne, re-
doutable au-dehors, florissante et tranquille
au-dedans. Une bonne et forte adminis-
tration intérieure succéda, au contraire,
par ses soins, et par la puissance de son génie, au désordre et à l'anarchie qui déso-
laient la France depuis le règne affreux de
la *terreur*.

Dans la nuit des forfaits, dans l'éclat des victoires,
Cet homme, ignorant Dieu qui l'avait envoyé,
De cités en cités promenant ses prétoires,
    Marchait sur sa gloire appuyé.

Cet *homme ignorant*, malgré le repos de la virgule, est une consonnance choquante. Et puis, qu'est-ce que *promener des prétoires?*

Dix empires conquis devinrent ses provinces ;
Il ne fut pas content dans son orgueil fatal.
Il ne voulait dormir qu'en une cour de princes,
    Sur un *trône continental.*

Un *trône continental* est tout ce qu'il y a au monde de plus anti-poëtique.

Ses aigles, qui volaient, sous vingt cieux parsemées,
    Au nord, de ses longues armées,
    Guidèrent l'immense appareil.
Mais là parut l'écueil de sa course hardie :
Les peuples sommeillaient; un immense incendie
    Fut l'aurore du grand réveil !

Sous vingt cieux n'est pas plus suppor-
table que le trône continental. Je n'aime
pas non plus *l'écueil d'une course*, ni un
incendie qui est *l'aurore d'un réveil.* C'est
le cas de dire, comme M. Hugo dans le
passage de sa préface que j'ai cité : j'y cherche des choses, et je n'y vois que des mots.
Le poëte parle ensuite de la captivité de
Napoléon à Sainte-Hélène.

> Là, se refroidissant comme un torrent de lave,
> Gardé par ses vaincus, chassé de l'univers,
> Ce reste d'un tyran, en s'éveillant esclave,
>   N'avait fait que changer de fers.
> Des trônes restaurés écoutant la fanfare,
>   Il brillait de loin comme un phare,
>   Montrant l'écueil au nautonnier.
> Il mourut.— Quand ce bruit éclata dans nos villes,
> Le monde respira dans les fureurs civiles,
>   Délivré de son prisonnier !

Gardé par ses vaincus est une expression inexacte. Les Anglais n'avaient pas été
vaincus par Napoléon. Ensuite, ce *torrent*

de lave refroidie, ce *reste d'un tyran* qui écoute la fanfare, et qui *brille comme un phare*; on conviendra que tout cela est un peu amphigourique. Il est juste cependant de remarquer que le monde qui respire, *délivré de son prisonnier*, est une antithèse des plus heureuses. La strophe suivante est belle aussi; au moins les images y sont justes, et l'expression à la fois exacte et poëtique.

Ainsi l'orgueil s'égare en sa marche éclatante,
Colosse né d'un souffle, et qu'un regard abat.
Il fit du glaive un sceptre, et du trône une tente;
    Tout son règne fut un combat.
Du fléau qu'il portait lui-même tributaire,
    Il tremblait, prince de la terre;
    Soldat, on vantait sa valeur.
Retombé dans son cœur comme dans un abîme,
Il passa par la gloire, il passa par le crime,
    Et n'est arrivé qu'au malheur.

Je retrouve encore, à la fin de cette ode, des *aurores* qui ne me satisfont pas.

Les faux dieux , que leur siècle encense,
Dont l'avenir hait la puissance,
Vous trompent dans votre sommeil;
Tels que ces *nocturnes aurores,*
Où passent de grands météores,
Mais que ne suit pas le soleil.

En voilà déjà trois ou quatre , de bon
compte. M. de Chateaubriand dit quelque
part : « Les poëtes ont toujours été af-
» friandés par la lune. » Il me semble que
M. Hugo est bien affriandé par l'aurore.

VII.

*

Délassons-nous de toutes ces critiques,
qui ont toujours quelque chose de pénible,
en signalant dans le livre IIᵉ plusieurs odes
d'une magnificence de poésie remarquable.
La première pièce, adressée par M. Hugo

à ses *Odes*, est remplie de grâce, et semble émanée de la lyre d'Horace. J'y trouve bien encore une aurore qui vient se glisser à la fin, à côté d'un rayon de soleil; mais celle-là, je n'en dirai rien, ou plutôt je la louerai volontiers, attendu qu'elle sert à exprimer une belle comparaison.

Le poëte, inspiré lorsque la terre ignore,
Ressemble à ces grands monts que la nouvelle aurore
　　　Dore avant tous, à son réveil,
　　Et qui, long-temps vainqueurs de l'ombre,
　　Gardent, jusque dans la nuit sombre,
　　　Le dernier rayon du soleil.

J'ai relu souvent, et toujours avec un nouveau plaisir, l'ode intitulée *La Bande noire*, et qui porte pour épigraphe ces paroles de Charles Nodier : « Voyageur » obscur, mais religieux, au travers des rui- » nes de la patrie..., je priais. »

Il y a quelque chose de prodigieux dans

Mais qu'ils n'éveillent pas les preux de ces murailles,
Ces ombres, qui jadis ont gagné des batailles,
 Les prendraient pour des étrangers !
Quand de ses souvenirs la France dépouillée,
Hélas ! aura perdu sa vieille majesté,
Lui disputant encor quelque pourpre souillée,
 Ils riront de sa nudité !
Nous, ne profanons point cette mère sacrée.
 Consolons sa gloire éplorée ;
 Chantons ses astres éclipsés.

Dans la belle ode intitulée *A mon Père*,
M. Hugo revient encore à Napoléon, et il
me semble parler ici de lui d'une manière
plus digne, et dans un meilleur styie, que
dans la pièce intitulée *Bonaparte*.

 Ajoutant une page à toutes les histoires,
 Il attelait des rois au char de ses victoires.
 Dieu dans sa droite aveugle avait mis le trépas ;
 L'univers haletait sous son poids formidable.
 Comme ce qu'un enfant a tracé sur le sable,
 Les empires confus s'effaçaient sous ses pas.

Flatté par la fortune il fut puni par elle.

L'imprudent confiait son destin vaste et frêle

A cet orgueil toujours sur la terre expié.

Où donc, en sa folie, aspirait ta pensée,

Malheureux, qui voulais, dans ta route insensée,

    Tous les trônes pour marchepied ?

Son jour vint: on le vit vers la France alarmée

Fuir, trainant après lui comme un lambeau d'armée,

Chars, coursiers et soldats, pressés de toutes parts.

Tel, en son vol immense, atteint du plomb funeste,

Le grand aigle, tombant de l'empire céleste,

Sème sa trace au loin de son plumage épars.

Traînant après lui comme un lambeau d'armée est une image hardie mais admirable, et la comparaison renfermée dans les trois derniers vers est des plus belles qui se puissent imaginer. Cette pièce, digne en tout du sentiment filial qui l'a dictée, se termine par cette strophe qui ne plaît pas moins par la pensée pieuse que par l'expression dont elle est revêtue:

Lègue à mon luth obscur l'éclat de ton épée;

Et du moins, qu'à ma voix, de ta vie occupée,
Ce beau souvenir prête un charme solennel;
Je dirai tes combats aux muses attentives,
Comme un enfant joyeux, parmi ses sœurs craintives,
Traine, débile et fier, le glaive paternel.

VIII.

*

« Il y avait à Rome un antique usage : la
» veille de l'exécution des condamnés à
» mort, on leur donnait à la porte de la pri-
» son un repas public appelé *le repas libre*. »
Cette phrase, extraite du poëme *des Mar-
tyrs* de M. de Chateaubriand, a inspiré à

Victor Hugo une pièce de vers qui n'est pas,
à proprement parler, une ode, mais qui
mérite, quel que soit le nom qu'on voudra
lui donner, d'être signalée comme une des
plus belles pièces du recueil. Elle est d'un
ton sévère et grave tout-à-fait approprié
au sujet. Je n'y trouve à reprendre que les
tigres et les léopards qui *s'étonnent* d'être
applaudis par les spectateurs du cirque
lorsqu'ils sont baignés de sang humain.

..... La poésie a ses licences, *mais*
Celle-ci passe un peu les bornes que j'y mets.

L'ode qui a pour titre *la Liberté* n'est
guère qu'une amplification, telle qu'un
poëte en sait faire, sur l'éternelle distinction
entre la vraie liberté et la licence. Elle ne
se distingue pas par le mérite de la pensée,
mais par celui du style qui est grandiose et
animé.

Et les sages disaient : » Gloire à notre sagesse!
» Voici les jours de Rome et les temps de la Grèce!

» Nations, de vos Rois brisez l'indigne frein.

» Liberté ! n'ayez plus de maîtres que vous-même.

» Car nous tenons de toi notre pouvoir suprême,

» Sois donc heureux et libre, ô peuple souverain !... »

Tyrans adulateurs ! caresses mensongères !

O honte !... Asie, Afrique, où sont tous vos sultans ?

Que leurs sceptres sont doux, et leurs chaînes légères,

Près de ces bourreaux insultants !

Quand l'impie a porté l'outrage au sanctuaire,

Tout fuit le temple en deuil, de splendeur dépouillé ;

Mais le prêtre fidèle, assis dans la poussière,

Prodigue plus d'encens, répand plus de prière,

Courbe plus bas son front devant l'autel souillé.

J'ai déjà cité par anticipation, à l'occasion des *Vierges de Verdun*, quelques vers de l'ode intitulée *Mademoiselle de Sombreuil* ; mais je n'ai pas assez insisté sur le mérite poétique de cet hymne à la vertu, inspiré au génie par la piété filiale. On sait que les assassins de 93, sur le point d'immoler M. de Sombreuil, eurent l'infâme caprice de proposer à sa fille de sauver ses jours

en buvant un verre de sang. M. Legouvé,
dans son joli poëme du *Mérite des Femmes*,
a rappelé, en style descriptif, le dévouement de mademoiselle de Sombreuil :

Dans le sommeil des lois, dans l'effroi du sénat,
Des monstres qu'irritaient Bacchus et les Furies,
Aux prisons, en hurlant, portent leurs barbaries.
Ils mêlent, sous leurs coups, les sexes et les rangs;
Ils jettent morts sur morts, et mourants sur mourants.
Tout frémit... une fille au printemps de son âge,
Sombreuil, vient, éperdue, affronter le carnage;
« C'est mon père, dit-elle, arrêtez, inhumains! »
Elle tombe à leurs pieds, elle baise leurs mains,
Leurs mains teintes de sang! C'est peu, forte d'audace,
Tantôt elle retient un bras qui le menace,
Et tantôt s'offrant seule à l'homicide acier,
De son corps étendu le couvre tout entier.
Elle dispute aux coups ce vieillard qu'elle adore :
Elle le prend, le perd, et le reprend encore.
A ses pleurs, à ses cris, à ce grand dévoûment,
Les meurtriers émus s'arrêtent un moment,
Elle voit leur pitié, saisit l'instant prospère :
Du milieu des bourreaux elle enlève son père,
Et traverse les murs ensanglantés par eux,

Portant ce poids chéri dans ses bras généreux.
Jouis de ton triomphe, ô moderne Antigone !

Mais il n'a pas osé, il en convient lui-
même dans ses notes, placer le verre de
sang dans son récit ; et c'est là un des traits
caractéristiques qui peuvent servir à distinguer la littérature pâle et timide de
l'époque impériale, de notre littérature
actuelle, aventureuse, ardente, innova-
trice (*).

(*) Il est bien certain que la littérature dite *impériale*, qui
comprend les quinze premières années de ce siècle, et à
laquelle on rattache même les dernières années du XVIIIᵉ, ne
se distingue ni par la force d'invention, ni par l'originalité.
Mais à cet égard, comme à beaucoup d'autres, on a passé toutes les bornes. Il est devenu à la mode, parmi les écrivains du
jour, de dénigrer cette littérature, de l'écraser, de l'annihiler
autant que possible. C'est un mot d'ordre entre eux, et c'est à
qui lui donnera un coup de pied. Suivant ces jeunes Aristarques, elle est froide, elle est insipide, elle est absurde, elle
est nulle. On peut dire, au contraire, qu'elle a produit beaucoup de bons et beaux écrits, et qu'elle renferme des beautés
réelles, surtout dans le genre de la poésie descriptive et didac-

Victor Hugo a été plus hardi, parce qu'il se sentait plus fort. Il n'a pas reculé devant

tique. Sans parler du *Génie du christianisme*, il suffirait, pour appuyer cette assertion, de citer les noms de Fontanes, Cuvier, Lacépède, Lemercier, Delille, etc.

Et puisque j'ai nommé Delille, trouvez-moi, dans tout ce qui a paru depuis vingt ans, quelque chose de plus beau, sinon comme invention, au moins comme composition poétique, que la traduction des *Géorgiques*. Trouvez-moi quelque chose de supérieur à cette description d'une abbaye dans le poëme des *Jardins* :

Plus loin, une abbaye antique, abandonnée,
Tout-à-coup s'offre aux yeux de bois environnée.
Quel silence ! C'est là qu'amante du désert,
La méditation avec plaisir se perd
Sous ces portiques saints, où des vierges austères,
Jadis, comme ces feux, ces lampes solitaires
Dont les mornes clartés veillent dans le saint lieu,
Pâles, veillaient, brûlaient, se consumaient pour Dieu.
Le saint recueillement, la paisible innocence
Semble encor de ces lieux habiter le silence.
La mousse de ces murs, ce dôme, cette tour,
Les arcs de ce long cloître impénétrable au jour,
Les degrés de l'autel usés par la prière,
Ces noirs vitraux, ce sombre et profond sanctuaire

l'atrocité du forfait, et nous pouvons le
féliciter de sa hardiesse : l'énergie de la

> Où peut-être des cœurs, en secret malheureux,
> A l'inflexible autel se plaignaient de leurs nœuds,
> Et pour des souvenirs encor trop pleins de charmes,
> A la religion dérobaient quelques larmes,
> Tout parle, tout émeut dans ce séjour sacré.
> Là, dans la solitude, en rêvant égaré,
> Vous croirez quelquefois, au déclin d'un jour sombre,
> D'une Héloïse en pleurs entendre gémir l'ombre...

Ce n'est pas ici seulement une description matérielle des
lieux que l'auteur voulait peindre ; il provoque de douces
émotions à l'aspect de ces murs en ruines, où beaucoup de
versificateurs de l'école moderne n'auraient vu que l'ogive (car
l'ogive joue un grand rôle dans notre littérature moyen-âge),
l'ogive, le lierre pendant en festons, et peut-être, comme contraste, une fleur poussant entre les pierres tombées, et quelques enfants jouant parmi les décombres. Ici le poëte n'en
appelle qu'aux souvenirs, et il nous reporte aux temps où ces
voûtes résonnaient de pieux cantiques. Comme cette chute du
mot *pâles* au commencement du vers, et à la suite de plusieurs
vers qui semblent se traîner lentement, est pittoresque ! Ne
vous semble-t-il pas voir ces jeunes religieuses s'avancer silen-
cieusement dans le chœur, et, tout d'un coup, tomber à genoux

pensée n'a pas exclu la grâce et l'harmonie de la versification.

Ne pleurez pas, — prions : les saints l'ont réclamée ;
Prions : adorez-la, vous qui l'avez aimée !
Elle est avec ses sœurs, anges purs et charmants,
Ces vierges qui, jadis, sur la croix attachées,
Ou, comme au sein des fleurs, sur des brasiers couchées,
S'endormirent dans les tourments.

Sa vie était un pur mystère
D'innocence et de saints remords ;
Cette âme a passé sur la terre,
Entre les vivants et les morts.
Souvent, hélas ! l'infortunée,
Comme si de sa destinée

sur ces marches où peut-être quelques unes vont verser des larmes qui ne seront pas pour Dieu. Et cette gradation d'images, *veillaient, brûlaient, se consumaient,* etc. Tout cela est la partie matérielle de l'art; nous le savons. Ce n'est pas là qu'est la poésie: mais ces accessoires donnent du relief, de la vie à la pensée du poëte, qui, alors, suivant l'expression de Boileau,

..... Prend un corps, une âme, un esprit, un visage.

La mort eût rompu le lien,
Sentit, avec des terreurs vaines,
Se glacer dans ses pâles veines
Un sang, qui n'était pas le sien!

L'épithète de *vaines*, appliquée ici au mot *terreurs*, est une tache dans cette belle strophe; mais les deux vers qui la terminent sont admirables.

O jour où le trépas perdit son privilége,
Où, rachetant un meurtre au prix d'un sacrilége,
Le sang des morts coula dans son sein virginal!
Entre l'impur breuvage et le fer parricide,
Les bourreaux poursuivaient l'héroïne timide
D'une insulte funèbre et d'un rire infernal!

Son triomphe est dans son supplice.
Elle a, levant ses yeux au ciel,
Bu le sang au même calice
Où Jésus mourant but le fiel.
Oh! que d'amour dans ce courage!

Que le même homme qui a fait cette ode

magnifique ait écrit ensuite *Lucrèce Borgia*
et *Angelo*, c'est pour moi une énigme
désolante. Mais restons dans les *Odes et*
Ballades. Nous y sommes trop bien pour
changer de terrain.

La pièce qui termine le IIᵉ livre, et qui
est intitulée : *Le dernier Chant*, respire la
plus douce mélancolie ; il en sort un parfum qui semble emprunté à la Bible.

. . . .

> Les siècles ne sont point ma proie ,
> La gloire ne dit pas mon rang.
> Ma muse, en l'orage qui gronde,
> Est tombée au courant du monde,
> Comme un lys aux flots d'un torrent.

> Pourtant ma douce muse est innocente et belle,
> L'astre de Bethléem a des regards pour elle.

. . . .

> Mon âme à sa source embrasée
> Monte de pensée en pensée ;

Ainsi du ruisseau précieux

Où l'Arabe altéré s'abreuve,

La goutte d'eau passe au grand fleuve

Du fleuve aux mers, des mers aux cieux.

IX.

※

Dans l'ode adressée à M. de Lamartine,
on aime à voir M. Hugo rendre en beaux
vers hommage à un autre poëte, son rival
en gloire et en génie.

. . . . Accomplis ta mission sacrée ;
Chante, juge, bénis ; ta bouche est inspirée !

Le Seigneur en passant t'a touché de sa main ;
Et pareil au rocher qu'avait frappé Moïse,
    Pour la foule au désert assise,
La poésie en flots s'échappe de ton sein!

Moi, fussé-je vaincu, j'aimerai ta victoire.
Tu le sais, pour mon cœur, ami de toute gloire,
Les triomphes d'autrui ne sont pas un affront.
Poëte, j'eus toujours un chant pour les poëtes;
Et jamais le laurier qui pare d'autres têtes
    Ne jeta d'ombre sur mon front !

Telle est la majesté de tes concerts suprèmes,
Que tu sembles savoir comment les anges mêmes
Sur les harpes du ciel laissent errer leurs doigts!
On dirait que Dieu même, inspirant ton audace,
Parfois, dans le désert, t'apparaît face à face,
    Et qu'il te parle avec *la voix*.

On voit que Victor Hugo a été très préoc-
cupé de la gigantesque image de Napoléon. Elle se présente souvent à sa pensée

grands corps modérateurs, mais comme un roi absolu, un véritable despote orien-tal, qui peut prendre toutes sortes de li-bertés avec ses sujets, et leur imposer ses plus bizarres fantaisies. C'est comme un parti pris chez lui de choquer sans scru-pule, suivant son bon plaisir, les délica-tesses de notre langue. Si une comparaison, une similitude, une image quelconque, viennent frapper son esprit, il s'en saisit sans examen, puis les retourne sous toutes leurs faces, et les épuise, sans s'inquiéter s'il est, ou non, d'accord avec le goût.

Ainsi, dans le passage que je viens de citer, Napoléon pouvait se borner à *pro-mettre sa poussière* aux tombes royales; l'expression rentrait bien dans le langage altier du conquérant; mais l'auteur va plus loin, et il nous offre l'image repoussante de ce ver qui devra avoir rongé des cada-vres de rois avant de s'acharner sur son cadavre impérial.

En cherchant bien, nous pourrions, il

est vrai, trouver dans quelques uns de nos
poëtes, *un ver qui ronge des restes mortels;*
et, sans multiplier les citations, j'en em-
prunterai une à un poëte contemporain.
Dans les *Enfants d'Édouard*, de Casimir
Delavigne, Tyrrel dit :

Qu'on le demande aux vers qui rongent ses entrailles.

Mais c'est déjà beaucoup de risquer cette
expression sur laquelle on doit passer vite.
Ici M. Hugo prolonge l'idée, et nous force
de nous y arrêter. C'est là qu'est le manque de convenance, c'est ce qui rend l'i-
mage repoussante. *Que le ver qui rongera
mes restes ait déjà dévoré des rois.*

Et puis, en dépit des théories de M. Hugo
sur la distinction, ou plutôt sur la confusion des genres, il y a certaines choses qui
peuvent se supporter dans une tragédie,
et qui ne sont pas de mise dans une ode.
Le drame, c'est la vie intime, c'est le palais, c'est l'auberge, c'est la rue; et, à

part le langage plus relevé, on peut y introduire des détails familiers. L'ode, c'est l'enthousiasme, c'est un chant sublime, inspiré : c'est toujours le poëte qui parle, soit en son nom, soit par la bouche du personnage qu'il y introduit momentanément : je n'attends de lui rien que de grand, d'élégant et de digne. Dans le drame, ce sont les hommes eux-mêmes qui parlent et agissent : chacun y est pour son compte.

La différence des personnes est bien quelque chose aussi. Qu'un débauché, un meurtrier, un homme abruti par tous les genres de vices, comme Tyrrel, emploie une image grossière, cela se conçoit et se supporte : c'est lui, je le répète, c'est lui seul qui parle; mais que, dans une ode, Napoléon emploie le même langage, c'est ce qui ne se peut tolérer. De telles nuances paraissent bien peu de chose à certains écrivains du jour; ce n'est cependant qu'en les observant fidèlement qu'on peut donner au style ce charme qui réunit tous

les suffrages, et qui fait les réputations du-
rables.

Quant à cette faute sur laquelle j'ai peut-
être moi-même trop insisté, M. Hugo la
rachète immédiatement par cette belle
strophe :

> Celui qui disait ces paroles,
> Croyait, soldat audacieux,
> Voir, en magnifiques symboles,
> Sa destinée écrite aux cieux.
> Dans ses étreintes foudroyantes,
> Son aigle, aux serres flamboyantes,
> Eût étouffé l'aigle romain ;
> La victoire était sa compagne ;
> Et le globe de Charlemagne
> Était trop léger pour sa main.

Nous retrouvons encore la grande figure
de Napoléon dans l'avant-dernière ode du
IIIe livre, intitulée *Les deux Iles* ; et toujours
le poëte sait trouver sur sa riche palette
de nouvelles couleurs pour le peindre.

> Comme il était rêveur au matin de son âge !
> Comme il était pensif au terme du voyage !

C'est qu'il avait joui de son rêve insensé ;

Du trône et de la gloire il savait le mensonge ;

Il avait vu de près ce que c'est qu'un tel songe,

Et quel est le néant d'un avenir passé !

Enfant, des visions, dans la Corse, sa mère,

Lui révélaient déjà sa couronne éphémère,

Et l'aigle impérial planant sur son pavois ;

Il entendait d'avance, en sa superbe attente,

L'hymne qu'en toute langue, aux portes de sa tente,

Son peuple universel chantait tout d'une voix.

Puis vient la pensée religieuse et philosophique qui lui inspire cette belle strophe où il n'y a à reprendre que l'épithète de *noir flambeau.*

Il crut que sa fortune en victoires féconde

Vaincrait le souvenir du peuple roi du monde ;

Mais Dieu vient, et d'un souffle éteint son noir flambeau,

Et ne laisse au rival de l'éternelle Rome

Que ce qu'il faut de place et de temps à tout homme,

Pour se coucher dans le tombeau.

Combien de fois n'a-t-on pas parlé du

cruel désenchantement qui succède aux illusions du jeune âge, à mesure qu'on avance dans la vie? C'est le plus commun de tous les lieux communs. Il est bien difficile aujourd'hui de trouver une manière neuve de rendre cette pensée. Voyez cependant de quelle forme poétique Victor Hugo l'a revêtue :

Qu'une coupe vidée est amère! et qu'un rêve
Commencé dans l'ivresse, avec terreur s'achève!
Jeune, on livre à l'espoir sa crédule raison;
Mais on frémit plus tard, quand l'âme est assouvie,
Hélas! et qu'on revoit sa vie,
De l'autre bord de l'horizon!

La strophe suivante est tout-à-fait pittoresque : ici point d'épithète inutile, chaque mot est à sa place, et concourt à l'effet général. Quant à la strophe elle-même, elle figurerait peut-être mieux dans une ballade que dans une ode; mais c'est le cas de répéter, avec M. Hugo, que ce qui est réellement beau est beau partout. Vous

avez vu souvent de ces gravures représen-
tant Napoléon, les bras croisés, considérant la mer au loin, du rivage de Ste-Hé-
lène. Ces vers ne plaisent-ils pas à votre
imagination plus encore que le tableau, et
la peinture n'est-elle pas ici vaincue par la
poésie?

> En Corse, à Sainte-Hélène encore,
> Dans les nuits d'hiver, le nocher,
> Si quelque orageux météore
> Brille au sommet d'un noir rocher,
> Croit voir le sombre capitaine
> Projetant son ombre lointaine,
> Immobile, croiser ses bras;
> Et dit que, pour dernière fête,
> Il vient régner dans la tempête,
> Comme il régnait dans les combats!

Où est le peintre qui pourrait nous rendre tout ce qu'expriment ces dix vers?

X.

*

Nous avons parcouru les trois premiers livres contenant les Odes historiques et politiques. Nous entrons maintenant dans les sujets de fantaisie, et dans ce que l'auteur appelle ses *impressions personnelles*

Les croyances monarchiques et chevale-
resques dont nous avons parlé, au commencement de cette Notice, ne le soutenant
plus, sa lyre est moins tendue, ses chants
ont, en général, un peu moins de force et
d'élévation. Mais les sentiments du cœur y
éclatent davantage. Ici le poëte devient
plus homme. Il est cependant encore plusieurs pièces qui sont empreintes d'une
sublime énergie. Celle qui a pour titre
l'*Antechrist* est, sans contredit, une des
plus remarquables.

Il viendra—quand viendront les dernières ténèbres,
Que la source des jours tarira ses torrents,
Qu'on verra les soleils, au front des nuits funèbres,
    Pâlir comme des yeux mourants.

. . . .

Il viendra—quand l'orgueil, et le crime, et la haine
De l'antique Alliance auront enfreint le vœu;
Quand les peuples verront, craignant leur fin prochaine
Du monde décrépit se détacher la chaine;
Les astres se heurter dans leurs chemins de feu;
Et dans le ciel, — ainsi qu'en ses salles oisives,

Un hôte se promène, attendant ses convives, —
Passer et repasser l'ombre immense de Dieu.

Suit un admirable portrait de l'*Antéchrist,*
pour lequel le poëte semblait avoir mis en
réserve les couleurs les plus vives et les plus
éclatantes, et que j'engage le lecteur à
rechercher dans l'ouvrage même.

Tantôt ses traits au ciel emprunteront leurs charmes
. . . .
Tantôt, hideux amant de la nuit solitaire,
. . . .

Enfin, quand ce héraut du suprême mystère
Aura, de crime en crime, usé ses noirs destins,
Que la sainte vertu, que la foi salutaire,
　　Trouveront tous les cœurs éteints;
Quand du signe du meurtre, et du sceau des supplices
　　Il aura marqué ses complices;
　　Que son troupeau sera compté;
Il quittera la vie ainsi qu'une demeure,
Et son règne ici-bas n'aura pour dernière heure
　　Que l'heure de l'Éternité.

Il est peu de morceaux de notre poésie

moderne qui approchent de cette magnifique pièce pour la force de l'expression et
le grandiose des images. Il y aurait bien à
reprendre quelques traits un peu hasar-
dés, tels que *le noir dragon qui déploie
l'aigle aux ongles de fer,* l'homme qui *entend
gronder sous le vaisseau des âges la vague
de l'éternité;* mais

> .... *Ubi plura nitent in carmine, non ego paucis
> Offendar maculis.....*

L'ode intitulée *Le Poëte*, est un chant
plein d'harmonie. Les deux strophes, *Il
pleure, ô belle enfance,* et *Il accuse son
siècle,* sont ravissantes. J'aurais passé sur
la pièce assez peu remarquable intitulée
Moïse sur le Nil, sans la signaler, si ce
n'était un trait charmant de sensibilité, dans
une des dernières strophes. L'auteur
s'adresse à la mère de Moïse, qui, s'étant
cachée dans les roseaux du Nil, pour voir
ce qui adviendrait de son fils, se présente

comme nourrice, lorsque la fille de Pha-
raon l'a recueilli :

> Viens ici comme une étrangère;
> Ne crains rien, en pressant Moïse entre tes bras
> Tes pleurs et tes transports ne te trahiront pas,
> Car Iphis n'est pas encor mère!

Il était probablement déjà père lui-
même lorsqu'il a tracé ces vers. Il faut
avoir vu une épouse allaiter son enfant, et
lui prodiguer les soins les plus touchants,
s'affliger de ses petites douleurs, se tour-
menter de ses moindres souffrances, le
veiller quand il est malade, lui sourire
quand il est gai; il faut, dis-je, avoir été
l'intime témoin de tout cela, pour savoir que
si une jeune fille peut confondre les embrassements d'une mère avec ceux d'une
tendre nourrice, une mère à coup sûr ne
s'y tromperait pas.

L'ode qui a pour titre : *Le Dévouement*,
est empreinte, dans son entier, d'un souffle
à la fois religieux et poétique. La strophe

suivante se termine par le trait le plus heureux. L'auteur décrit d'abord l'esprit d'isolement et d'égoïsme qui se manifeste dans les lieux ravagés par la contagion; puis il nous peint ces hommes qui se dévouent pour aller au secours de leurs frères :

Quelques hommes pourtant, qu'un feu secret anime,
Se lèvent dela foule, et chacun, dans leurs yeux,
Cherche quel beau destin; quel avenir sublime
    Rayonne sur leurs fronts joyeux. —
Un triomphe éclatant peut-être les réclame?
    Quel espoir enivre leur âme?
    Quel bien? quel trésor? quel honneur?... —
Ainsi toujours, hélas! dans ce monde stérile,
Si la vertu paraît, à son aspect tranquille,
    Nous la prenons pour le bonheur !

XI.

Buffon a dit : *le style, c'est l'homme*, et l'expression est juste, en donnant au mot de style sa plus large et sa plus complète acception. S'il est vrai que pour bien écrire il faille bien penser, que les nobles facul-

tés, et les sentiments élevés, puissent seuls
donner au style ce caractère de force et de
grandeur qui subjugue les intelligences et
les domine, alors l'âme de l'écrivain pas-
sera tout entière dans ses œuvres; alors
il sera vrai que *le style, c'est l'homme.* Mais
en se bornant même à la définition la plus
restreinte, à celle du dictionnaire, en ne
considérant le style que comme une *manière
d'écrire*, une forme quelconque donnée à
la pensée, le style sera encore une puissance.

Dans l'impossibilité où nous sommes de
trouver une grande quantité d'idées neu-
ves, aujourd'hui que tout a été remué,
fouillé, exploité, il reste encore au poëte
la ressource de jeter, sur un fond rebattu,
les trésors de notre langue. Ainsi le travail
surpassant la matière, les choses les plus
simples s'embellissent sous sa plume,
comme par l'effet d'une baguette magique.
C'est Armide créant, d'un mot, des palais et
des jardins délicieux au milieu des plus
tristes solitudes. Les trois odes intitulées

Le Chant de l'Arène, *Le Chant du Cirque*
et *Le Chant du Tournoi*, en sont un frappant
exemple.

M. Hugo a voulu peindre les jeux de la
Grèce, les sanglants combats des gladia-
teurs, à Rome, et les fêtes brillantes de
nos tournois du moyen âge. Il en a com-
posé une sorte de trilogie lyrique, où chaque partie du tableau se présente sous des
couleurs différentes et tranchées. Le style
ici se transforme, comme le rhythme lui-
même, au gré de l'auteur, et revêt tour à
tour le caractère grec, romain et français.
Le *Chant de l'Arène* est doux et suave
comme le climat de l'Attique, vif et léger
comme les Athéniens, harmonieux comme
la langue grecque. Le *Chant du Cirque* est
plus grave et plus solennel. La physionomie
sombre et sévère du peuple-roi s'y trouve
comme empreinte à chaque vers. Dans le
Chant du Tournoi tout redevient riant et
gracieux. Les images féodales se mêlent aux

souvenirs d'amour, de chevalerie et de guerre.

Le sujet de ces trois odes n'a rien de neuf, et les pensées ne viennent point au secours du sujet. D'où peut donc provenir le charme qu'on éprouve en les lisant? Du style, uniquement du style. Ces harmonies diverses, sans rien dire à la raison, parlent à l'âme, et la remuent agréablement par une sorte de puissance musicale.

J'en dirai autant de l'ode qui a pour titre : *Le Génie*, et qui est un hommage adressé à M. de Chateaubriand. Elle ne se distingue ni par l'éclat, ni par la force de la pensée. C'est la forme qui en fait tout le mérite; mais la forme, telle qu'il appartenait à un poëte de la créer. Jamais les heureux dons du Génie, et ses tristes déceptions, n'avaient été mieux exprimés.

Malheur à l'enfant de la terre
Qui dans ce monde injuste et vain,
Porte en son âme solitaire

Un rayon de l'Esprit divin !
Malheur à lui ! l'impure envie
S'acharne sur sa noble vie,
Semblable au vautour éternel;
Et de son triomphe irritée,
Punit ce nouveau Prométhée
D'avoir ravi le feu du ciel.

La gloire, fantôme céleste,
Apparaît de loin à ses yeux;
Il subit le pouvoir funeste
De son sourire impérieux!
Ainsi l'oiseau, faible et timide,
Veut en vain fuir l'hydre perfide
Dont l'œil le charme et le poursuit.
Il voltige de cime en cime,
Puis il accourt, et meurt victime
Du doux regard qui l'a séduit.

. . . .
. . . .

Un chant de fête de Néron n'est également qu'une brillante amplification dont le sujet aurait pu inspirer cependant quelques

grandes pensées. J'y trouve de beaux vers,
encore voudrais-je en retrancher quelques
traits de mauvais goût, qui sont peut-être
une réminiscence de Sénèque, tels que :

> Otez de mon front ma couronne,
>
> Le feu qui brûle Rome en flétrirait les fleurs.
>
> Quand le sang rejaillit sur vos robes de fête,
>
> Amis, lavez la tache avec du vin de Crète.

Nous avons vu, dans *Moïse sur le Nil*,
quel trait touchant le sentiment du *père*
avait dicté à M. Hugo. Le titre *d'époux* lui
a fourni également, à plusieurs reprises,
les inspirations les plus heureuses. Je me
rappelle qu'avant l'époque où il publia ses
premières odes, il parut un volume d'élégies d'un M. de La Bouïsse, qui célébrait,
sous le nom d'Eléonore, *son épouse adorée*,
et qui nous initiait, beaucoup plus que nous
ne l'aurions voulu, aux mystères de son
bonheur conjugal. M. Hugo a eu plus de
tact et de réserve. Il a très bien compris

que, si la plume brûlante d'un Bertin ou
d'un Parny avait pu faire passer, dans les
plus délicieuses élégies qui aient peut-être
été faites dans aucune langue, les transports qu'inspire *une amante*, le caractère
d'épouse était plus chaste et plus sacré. Il
a à peine soulevé un coin du voile qui ferme
le foyer domestique. La charmante pièce
intitulée *A Toi* porte une mystérieuse empreinte de mélancolie et de tendresse élégiaque. Ici l'amour de l'époux est comme
la violette qui se cache sous l'herbe, mais
qui se fait deviner par le doux parfum
qu'elle exhale.

Quand seul dans cette vie, hélas! d'écueils semée,
Il faut boire le fiel dont le calice est plein,
    Sans les pleurs de sa bien-aimée
    Que reste-t-il à l'orphelin?

. . . .

Mes chants ne cherchent pas une illustre mémoire;
Et s'il faut me courber sous ce fatal honneur,

Ne crains rien, ton époux ne veut pas que sa gloire
Retentisse dans son bonheur.

Goûtons du chaste hymen le charme solitaire.
Que la félicité nous cache à tous les yeux !
Le serpent, couché sur la terre,
N'entend pas deux oiseaux qui volent dans les cieux!

Et remarquez que presque toujours la pensée religieuse vient se joindre au sentiment conjugal pour le relever et l'ennoblir. A la fin de l'ode intitulée *Paysage*,

. . . . Et la cité bruyante
Autour de moi pourtant mêle ses mille voix !
Muse! Et je ne fuis pas la sphère tournoyante
Où le sort, agitant la foule imprévoyante,
Meut tant de destins à la fois!

C'est que, pour m'amener au terme où tout aspire,
Il m'est venu *du ciel* un guide au front joyeux ;
Pour moi, l'air le plus pur est l'air qu'elle respire ;
Je vois tous mes bonheurs, Muse, dans son sourire,
Et tous mes rêves dans ses yeux !

Et dans la pièce suivante, *Encore à Toi*,

C'est toi, dont le regard éclaire ma nuit sombre ;
Toi, dont l'image luit sur mon sommeil joyeux ;
C'est toi qui tiens ma main quand je marche dans l'ombre,
Et les rayons du ciel me viennent de tes yeux !

Mon destin est gardé par ta douce prière.

. . . .

Quand ton œil noir et doux me parle et me contemple,
Quand ta robe m'effleure avec un léger bruit,
Je crois avoir touché quelque voile du temple,
Je dis comme Tobie : Un ange est dans ma nuit !

Mon Dieu! mettez la paix et la joie auprès d'elle.
Ne troublez pas ses jours, ils sont à vous, Seigneur!
Vous devez la bénir, car son âme fidèle
Demande à la vertu le secret du bonheur.

Heureux sans doute le poëte qui peut faire de tels vers; mais plus heureuse encore l'épouse qui les inspire!

A ces douces et saintes affections vient se joindre le sentiment paternel dans la pièce gracieuse qui a pour titre : *Le Portrait d'une enfant.*

. . . .

On devine, à ses yeux , pleins d'une pure flamme,

    Qu'au paradis d'où vient son âme

    Elle a dit un récent adieu.

Je ne puis m'empêcher de citer encore quelques vers de l'ode suivante, adressée à sa belle-sœur qui devait se marier le lendemain.

Dors , nous prierons pour toi jusqu'à ce beau matin !

. . . .

Dors cette nuit encor d'un sommeil pur et doux ,

Demain serments , transports, caresses d'un époux.

. . . .

Ah ! puisse dès demain se lever sur tes jours

Un bonheur qui jamais ne s'éclipse, et toujours

    Brille plus beau qu'un rêve même !

Vers le ciel étoilé laisse monter nos vœux.

. . . .

On conviendra que tous ces vers ne res-
pirent pas la philosophie d'Anacréon et
d'Horace; ce n'est pas là le *jouissons de la
vie*, si souvent reproduit dans les odes du
favori de Mécène. Hâtons-nous d'effeuiller
les roses dont la durée est trop courte,
nimiùm breves rosas.

. . . . *Finire memento*
  Tristitiam vitæque labores
Molli, Plance, mero. . . . . *
. . . . *Sapias : vina liques, et spatio brevi*
Spem longam reseces, ... **

Après toutes les formules que j'ai em-
ployées pour les plus belles odes de
M. Hugo, il me faudrait tomber dans de fasti-
dieuses répétitions pour louer dignement la

* Songez, Plancus, à noyer dans le vin votre tristesse et toutes
les peines de la vie. **Liv. i, ode vi.**

** Suivez les avis de la sagesse; occupez-vous de bonifier vos
vins, et renfermez toutes vos espérances dans un court espace de
temps. *Idem,* ode x.

pièce intitulée *Promenade*. Je ne sais trop
si c'est une ode ; je ne cherche pas dans
quelle catégorie elle devra être classée ; ce
que je sais, c'est que jamais morceau de
poésie plus délicieux n'était tombé d'une
plume humaine : esprit, grâce, sentiment,
amitié douce et prévoyante, comparaisons
pleines de justesse et de sens, tout s'y
trouve. Je n'en citerai rien. J'ai déjà beaucoup cité, et je ne veux pas effleurer le
plaisir de ceux de mes lecteurs qui seraient
tentés d'aller la chercher dans le recueil
même. Seulement, pour l'acquit de ma
conscience de critique, je relèverai un mot,
un seul mot, qui fait tache dans ce charmant
petit tableau de genre : c'est l'esquif qui
étincelle sur les eaux du lac. Que les eaux
du lac étincellent aux premières ombres
de la nuit, soit ; mais une barque ne peut
pas *étinceler*. Il y a ici une disparate trop
complète dans les idées. Toujours ce même
sentiment d'omnipotence de poëte que j'ai
déjà signalé chez M. Hugo, et qui le porte

à risquer, lorsque l'arrangement de sa strophe l'exige, une expression incorrecte ou
choquante, ou lorsque sa pensée l'entraîne,
à pousser une similitude au-delà de ses ex-
trêmes limites. Qu'il se décide à travailler
un peu plus ses vers, à faire difficilement
des vers faciles, comme disait Racine ; qu'il
sache renoncer, s'il le faut, à une belle
image plutôt que de placer à côté une
image fausse; son talent et sa gloire y ga-
gneront également.

Je terminerai l'examen des *Odes* par une
citation empruntée à celle qui a pour titre
Une Pluie d'été, et cela, comme un échan-
tillon des ressources nombreuses et variées
que présente notre langue. Dans une de
ses lettres, Mistress Trollope rend un franc
et juste hommage à tout ce que la langue
française offre de gracieux, de poli et d'élégant chez nos bons écrivains; mais elle
parle, en même temps, du manque d'abon-

8

dance ou de richesse qui lui a été quel-
quefois reproché *.

Sans doute plusieurs écrivains, parmi
lesquels il en est qui devraient faire auto-
rité, ont accusé notre langue de n'être pas
assez riche ; mais, chez les uns, cette accu-
sation a été démentie par leurs ouvrages
mêmes ; chez les autres, elle a été motivée
par la pauvreté de leur esprit plutôt que
par celle du langage **. Il est générale-
ment reconnu, même chez les étrangers,
que la langue française est, de toutes celles
de l'Europe, celle qui se prête le mieux à

---

* *There is a polished grace, a finished elegance in the
langage of France, as registered in the writings of her au-
gustan age, which may well atone for the want of greater
copiousness with which it has been sometimes reproached.*
(Lettre troisième.)

** Boileau disait : « La langue française est riche en beaux
» mots, mais elle veut être extrêmement travaillée. »

VILLEMAIN, *Préface du Dict. de l'Académie,*
édit. de 1835, page 27.

la conversation *. Or, une langue serait-
elle si particulièrement propre à converser
si elle n'était pas des plus riches? Qu'est-ce
que la conversation? Qu'est-ce surtout que
la conversation française? N'est-ce pas un
échange, multiplié à l'infini, de toutes les
nuances les plus fines, les plus délicates,
que puisse revêtir la pensée humaine? tantôt l'analyse la plus subtile des sentiments
du cœur ou des passions de l'âme, tantôt
un feu roulant de riens qui se modifient et
se croisent en tous sens. Pourrait-on y
suffire sans un idiome varié et abondant,
susceptible de prendre à l'instant mille formes changeantes et diverses (b)?

Depuis près de deux siècles la langue
française n'a éprouvé aucune altération :

---

* M. Villemain, en parlant de Voltaire, dit, dans la Préface que je viens de citer, page 28 : « Aucun écrivain n'a servi
» davantage à la popularité de notre langue, et à cette con-
» vention tacite qui fait que, presque partout, deux hommes
» d'esprit, de nation diverse, qui se rencontrent, s'accordent
» à parler français. »

elle est toujours la même, depuis Pascal
jusqu'à l'abbé de La Mennais, depuis l'*A-
lexandre* de Racine jusqu'au *Paria* de
M. Casimir Delavigne; et cependant quelles
prodigieuses transformations n'a-t-elle pas
subies chez nos différents écrivains! Quelle
étonnante variété de styles! Lisez Bossuet,
Massillon, Montesquieu, et puis lisez Fénelon, madame de Sévigné, Voltaire; est-
ce la même langue, je vous le demande?
Lisez Jean-Jacques Rousseau et Beaumar-
chais, M. de Chateaubriand et M. de Lamartine; est-ce la même langue? Je ne dirai
pas : est-ce le même style? Il est naturel que
chaque grand écrivain ait le sien propre;
mais ne semblerait-il pas plutôt que ce
soient plusieurs variétés d'un même idiome?
Souvent le même écrivain vous offre, suivant le genre de composition qu'il traite,
des différences aussi frappantes. Les romans
de Voltaire vous révèleraient-ils l'historien
de Charles XII et du siècle de Louis XIV?
Les *Lettres à Sophie*, si éloquentes, si brû-

lantes qu'elles soient, vous donneraient-
elles l'idée de Mirabeau à la tribune? Les
vers de Gresset, dans sa jolie comédie du
Méchant, ressemblent–ils le moins du
monde à ceux de *Vert-Vert* et de la *Char-
treuse?*

Il y a plus, nous voyons souvent, dans un
même ouvrage, la langue se modifier et se
transformer avec le sujet d'une manière
magique, quoiqu'il soit vrai de dire que
de tels secrets ne sont le partage que d'un
petit nombre d'écrivains privilégiés. Lisez
dans Buffon, par exemple, la description
du cygne et celle de l'oiseau-mouche : dans
la première, la langue est douce, grave et
lente ; les mots semblent glisser majestueu-
sement sur les eaux comme le cygne ; dans
la seconde, vous ne trouvez qu'un langage
vif, coupé, sautillant, insaisissable comme
l'oiseau-mouche.

Nous avons déjà vu M. Hugo transformer
ainsi la langue à son gré, dans les chants de
l'*Arène*, du *Cirque* et du *Tournoi*. Dans

La Pluie d'été nous retrouvons un modèle de ce style vif et diapré comme les ailes du papillon, de ce style dont Buffon s'est servi pour décrire l'oiseau-mouche. Le poëte a voulu peindre les effets d'une pluie d'été à la campagne, les gouttes d'eau qui brillent toutes chatoyantes au soleil, la verdure qui renaît plus belle et plus fraîche, les oiseaux qui voltigent et agitent leurs ailes, les insectes entraînés par les eaux, etc. Voyez quelles sources fécondes d'harmonie descriptive lui fournit notre idiome :

Que la soirée est fraiche et douce !
Oh ! viens, il a plu ce matin ;
Les humides tapis de mousse
Verdissent tes pieds de satin.
L'oiseau vole sous les feuillées,
Secouant ses ailes mouillées ;
Pauvre oiseau que le ciel bénit !
Il écoute le vent bruire,
Chante, et voit des gouttes d'eau luire,
Comme des perles, dans son nid.

La pluie a versé ses ondées;

Le ciel reprend son bleu changeant;

Les terres luisent fécondées

Comme sous un réseau d'argent.

Le petit ruisseau de la plaine,

Pour une heure enflé, roule et traîne

Brins d'herbe, lézards endormis,

Court, et précipitant son onde

Du haut d'un caillou qu'il inonde,

Fait des Niagaras aux fourmis!

Il faut cependant relever ici une expression tout-à-fait choquante, pour ne rien dire de plus : c'est celle de lézards *endormis* que M. Hugo a placée là parce qu'il lui fallait une rime pour *fourmis*. Peut-on supposer qu'un ruisseau qui, gonflé par la pluie, a surpris un lézard, l'entraîne tout endormi? L'image est ridicule parce qu'elle est de toute fausseté. Relisez donc encore Boileau, monsieur Hugo: *Rien n'est beau que le vrai...*

. . . .

Tourbillonnant dans ce déluge,

Des insectes sans avirons

Voguent pressés, frêle refuge !

Sur des ailes de moucherons ;

D'autres pendent, comme à des îles,

A des feuilles, errants asiles ;

Heureux dans leur adversité,

Si, perçant les flots de sa cime,

Une paille au bord de l'abime

Retient leur flottante cité !

Le même genre de style se retrouve encore dans la dernière ode qui a pour titre *Rêves*. Tout ce que l'auteur a rêvé, dans ses plus doux songes, vient s'offrir de nouveau à son imagination. Ici ce sont mille images fantastiques et vaporeuses qui passent, repassent, voltigent, et s'évanouissent comme les plus légères vapeurs du ciel.

On croit sur la falaise,

On croit dans les forêts,

Tant on respire à l'aise,

Et tant rien ne nous pèse,

Voir le ciel de plus près !

Là, tout est comme un rêve;
Chaque voix a des mots ;
Tout parle, un chant s'élève
De l'onde sur la grève,
De l'air dans les rameaux.

C'est une voix profonde,
Un chœur universel,
C'est le globe qui gronde,
C'est le roulis du monde
Sur l'océan du ciel.

C'est l'écho magnifique
Des voix de Jéhova,
C'est l'hymne séraphique
Du monde pacifique
Où va ce qui s'en va.

XII.

*

BALLADES.

Dès le XIII. siècle , la ballade avait pris rang en France parmi les divers genres de compositions poétiques. Nous voyons dans les vieilles chroniques qu'en 1285 Adam de

La Halle, que l'on croit être le créateur de
l'opéra comique, fit jouer à Naples, *pour
l'agrément de la cour qui était toute française*, son opéra du *Jeu de Robin et Marion.* Le dialogue en était *entremêlé de ballades et chansons remplies de grâce et de
naïveté.* La ballade française a bien changé
depuis ce temps, même depuis l'époque de
Clément Marot, où elle était assujettie à
des règles assez sévères ; on peut même
dire qu'elle est aujourd'hui tout-à-fait abandonnée. Les pièces auxquelles il a plu à
M. Hugo de donner ce nom, et qui terminent le recueil que nous examinons,
tiennent plus de la ballade épique, sérieuse
et cependant naïve, des peuples du nord,
que de la ballade lyrique et amoureuse des
poëtes méridionaux. Il est inutile d'obser-
ver qu'on n'y retrouve plus l'inspiration et
les accents de haute poésie qui caractéri-
sent les *Odes.* Leur mérite consiste surtout
dans le charme de l'expression, et quelque-
fois aussi dans la difficulté vaincue. L'au-

teur s'impose tantôt un refrain qui revient périodiquement à chaque strophe, comme dans *La Légende de la Nonne,* ou *La Ronde du Sabbat;* tantôt un rhythme bizarre, comme dans *La Chasse du Burgrave.* Ces tours de force poétiques qui charmaient nos bons aïeux, et faisaient pâmer d'aise les belles dames de la cour de François Ier, ne nous paraissent aujourd'hui que de futiles jeux d'esprit. Souvent aussi il revient à la marche des strophes régulières déjà employée dans les *Odes.*

Les sujets de ses ballades sont, en général, des légendes, des traditions populaires, ou des conceptions purement fantastiques. *Le Sylphe,* parmi ces dernières, est une des plus gracieuses et des mieux versifiées. L'auteur suppose qu'un sylphe, qui s'est anuité et n'a pu regagner son asile nocturne, se présente à la fenêtre d'une châtelaine, et lui demande l'hospitalité :

Toi qu'en ces murs, pareille aux rêveuses Sylphides,
Ce vitrage éclairé montre à mes yeux avides,

Jeune fille, ouvre moi! Voici la nuit, j'ai peur;
La nuit qui, peuplant l'air de figures livides,
Donne aux âmes des morts des robes de vapeur.

Hélas! il est trop tard pour rentrer dans ma rose.
Châtelaine, ouvre-moi, car ma demeure est close;
Recueille un fils du jour égaré dans la nuit.
Permets que près de toi doucement je repose;
Je tiendrai peu de place, et ferai peu de bruit.

Quant au portrait du *Sylphe,* je ne dirai
pas qu'il l'emporte sur celui que Pope en
a tracé dans *La Boucle de cheveux enle-*
vée*; mais peut-être au moins pourrait-
il soutenir la comparaison.

* *Transparent forms, too fine for mortal sight*
Their fluid bodies half dissolved in light.
Loose to the wind their airy garments flew,
Thin glitt' ring textures of the filmy dew,
Dipt in the richest tincture of the skies,
Where light disports in ever-mingling dyes;
While ev' ry beam new transient colours flings,
Colours that change whene' er they wave their wings.

« Je suis enfant de l'air, un Sylphe, moins qu'un rêve,

» Fils du printemps qui naît, du matin qui se lève,

» L'hôte du clair foyer, durant les nuits d'hiver,

» L'esprit que la lumière à la rosée enlève,

» Diaphane habitant de l'invisible éther.

» Et je suis si joli ! si tu voyais mes ailes

» Trembler aux feux du jour, transparentes et frêles!..

» J'ai la blancheur des lis où , le soir, nous fuyons ;

» Et les roses, nos sœurs, se disputent entr'elles

» Mon souffle de parfums et mon corps de rayons.

» Je veux qu'un rêve heureux te révèle ma gloire.

» Près de moi (ma Sylphide en garde la mémoire),

» Les papillons sont lourds, les colibris sont laids,

» Quand, roi vêtu d'azur, et de nacre et de moire,

» Je vais, de fleurs en fleurs, visiter mes palais. »

Il serait difficile d'imaginer quelque
chose de plus gracieux et de plus *aérien*
que le portrait que le Sylphe trace ici de
lui-même, et on ne peut se dispenser
de convenir, avec lui, qu'en effet *il est très
joli.*

La pièce intitulée *Le Géant* présente
avec celle-ci un contraste parfait. Elle renferme une suite d'images grandioses qui
conviennent bien au sujet, et dont l'expression est presque toujours vraie et poétique.
Je regrette de n'en pouvoir dire autant de
la ballade qui la suit immédiatement, *La
Fiancée du timballier*, et qui est écrite en
style de complainte.

A Notre-Dame de Lorette
J'ai promis, dans mon noir chagrin,
D'attacher sur ma gorgerette,
Fermée à la vue indiscrète,
Les coquilles du pèlerin.

Il n'a pu, par d'amoureux gages,
Absent, consoler mes foyers ;
Pour porter les tendres messages,
La vassale n'a point de pages,
Le vassal n'a pas d'écuyers.

Il doit aujourd'hui de la guerre

Revenir avec Monseigneur ;
Ce n'est plus un amant vulgaire.

Soit; mais cette poésie est un peu vulgaire. Puis à la suite de tels vers, vous êtes
tout étonné de trouver ceux-ci :

> Je lève un front baissé naguère ;
> *Et mon orgueil est du bonheur.*

Cette expression, moitié précieuse et
moitié sentimentale, conviendrait très bien
chez nos héroïnes de roman du jour, celles
du Gymnase, par exemple, ou de madame
Georges Sand, dont le cœur, quelque pris
qu'il soit, ne l'est jamais assez pour les empêcher de montrer beaucoup d'esprit; mais elle
est tout-à-fait déplacée dans la bouche
d'une jeune fille simple et naïve du moyen-
âge, d'une vassale, qui ne sait pas, qui ne
peut pas savoir dire de si belles choses.

> *Ce sont là* jeux de mots, affectation pure,
> Et ce n'est point ainsi que parle la nature.

Au reste, ne nous plaignons pas trop, car nous retombons bientôt dans la vraie complainte classique, la complainte de carrefour.

« Le duc triomphant nous rapporte
» Son drapeau dans les camps froissé;
» Venez tous, sous la vieille porte,
» Voir passer la brillante escorte,
» Et le prince, et mon fiancé !

» Venez voir, pour ce jour de fête,
» Son cheval caparaçonné,
» Qui, sous son poids, hennit, s'arrête,
» Et marche, en secouant la tête,
» De plumes rouges couronné. »

La ballade neuvième, *Écoute-moi, Madeleine*, fait exception à ce que j'ai dit tout à l'heure du caractère général des *Ballades* de Victor Hugo. C'est une idylle amou-

9

reuse du *Tasse* ou de *Guarini*. L'*Aminta*
et le *Pastor fido* n'ont rien de plus doux et
de plus gracieux. On regrette vivement
que ce joli petit poëme soit si court.

La Fée et la Péri, qui termine le recueil
des *Ballades*, en est une des plus belles,
peut-être la plus belle. Le poëte a cherché
à mettre en regard les beautés de l'Orient
et celles de l'Occident. La Péri et la Fée
se disputent l'âme d'un jeune enfant qui
s'envole vers les cieux; chacune d'elles
veut l'entraîner pour mille ans dans les
espaces nébuleux. La première lui vante
les charmes des régions orientales; la seconde, à son tour, cherche à le séduire
par la description de tout ce que les con-
trées de l'Occident peuvent offrir d'at-
trayant. Écoutons d'abord la Péri.

Ma sphère est l'Orient, région éclatante
Où le soleil est beau comme un roi dans sa tente!

Son disque s'y promène en un ciel toujours pur.

Ainsi, portant l'émir d'une riche contrée,

    Aux sons de la flûte sacrée,

Vogue un navire d'or sur une mer d'azur.

Tous les dons ont comblé la zone orientale.

Dans tout autre climat, par une loi fatale,

Près des fruits savoureux croissent les fruits amers ;

Mais Dieu, qui pour l'Asie a des yeux moins austères,

    Y donne plus de fleurs aux terres,

Plus d'étoiles aux cieux, plus de perles aux mers.

.   .   .   .

.   .   .   .

Bel enfant ! viens errer parmi tant de merveilles,

Sur ces toits pleins de fleurs, ainsi que des corbeilles,

Dans le camp vagabond des Arabes ligués.

Viens ; nous verrons danser les jeunes bayadères,

    Le soir, lorsque les dromadaires

Près du puits du désert s'arrêtent fatigués.

La Fée, à son tour, reprend :

.   .   .   .

Nos cieux voilés plairont à ta douleur amère,

Enfant, que Dieu retire et qui pleures ta mère!
Viens, l'écho des vallons, les soupirs du ruisseau,
Et la voix des forêts, au bruit des vents unie,
  Te rendront la vague harmonie
   Qui t'endormait dans ton berceau!

  .   .   .   .

Viens, jeune âme, avec moi, de mes sœurs obéie,
Peupler de gais follets la morose abbaye;
Mes nains et mes géants te suivront à ma voix;
Viens, troublant de ton corps les monts inaccessibles,
  Guider ces meutes invisibles
   Qui la nuit chassent dans nos bois.

De quels enchantements l'Occident se décore!
Viens, le ciel est bien loin, ton aile est faible encore;
Oublie en notre empire un voyage fatal;
Un charme s'y révèle aux lieux les plus sauvages.
  Et l'étranger dit nos rivages
   Plus doux que le pays natal!

Et l'enfant hésitait, et, déjà moins rebelle,
Écoutait des esprits l'appel fallacieux;

La terre qu'il fuyait semblait pourtant si belle! —

Soudain il disparut à leur vue infidèle...

Il avait entrevu les cieux!

Les magnifiques *Tableaux de l'Orient*, de M. de Lamartine, et les *Méditations*, offrent bien des points de comparaison intéressants avec les *Odes* et les *Orientales* de M. Hugo, tant sous le rapport purement poétique, que sous celui de la pensée religieuse qui s'y montre souvent. Il serait difficile de décerner la palme entre ces deux illustres rivaux, auxquels on peut, je crois, appliquer ces vers qui ont été faits pour les deux grands maîtres de notre scène tragique :

. . . .

Tous deux captivent notre estime

Par un mérite différent.

Tour à tour ils nous font entendre

Ce que le cœur a de plus tendre,

Ce que l'esprit a de plus grand.

Je me bornerai à une comparaison puisée
dans mes souvenirs de voyage, et qui me
paraît propre à rendre assez fidèlement les
impressions diverses que peuvent produire
ces deux poëtes.

A peine sorti des bancs de l'école, je
venais de visiter les bords du Rhône, la
Provence et le Langüedoc; je me disposais
à revenir à Paris, et je résolus de prendre
ma route par l'Auvergne. J'y entrai donc
par Rhodez et Saint-Flour, et je consacrai
près d'une semaine à la parcourir. Je ne
connaissais encore ni les Alpes ni les Pyré-
nées. Ces montagnes si sauvages, et cette
nature si âpre, agissaient puissamment sur
mon imagination de vingt ans; je me plai-
sais à gravir ces rocs noircis par les orages,
à plonger mes regards au fond de ces cratères de volcans éteints; tantôt je parcou-
rais d'immenses coulées de lave qui, toutes
chargées de leurs noires aspérités, sem-
blaient éteintes de la veille; tantôt je des-
cendais dans les gorges les plus profondes,

ou je m'arrêtais près des lacs dont cette
contrée est parsemée. Des torrents et des
cascades bouillonnaient à mes côtés; puis
souvent, au sortir d'une de ces vallées
étroites et sombres, je me trouvais dans
le plus riant paysage. Enfin j'arrivai à
Clermont des hauteurs du Puy-de-Dôme,
et j'entrai dans la Limagne. Là je trouvai
une scène toute différente; plus de montagnes, plus de cratères de volcans, plus de
torrents, plus de lacs aux bords escarpés
et pittoresques; l'aspect du pays est moins
inégal, moins varié sans être moins atta-
chant. Des plaines riantes et bien cultivées,
les rives verdoyantes d'un beau fleuve qui
roule tranquillement ses ondes à travers le
pays qu'il fertilise; de magnifiques avenues
formées de beaux arbres ; de riches prairies
à perte de vue; quelque chose de grand,
de simple, de régulier, qui enchante le
voyageur, et le retient par un charme invin-
cible.

Que si l'on me demandait maintenant

laquelle de ces deux régions me parut alors la plus poétique, je crois que je répondrais: l'Auvergne. Et cependant la Limagne aussi est une bien belle, une bien admirable contrée. On trouverait peut-être un plaisir plus vif à parcourir la première; mais, à coup sûr, on préférerait habiter la seconde.

Me voici parvenu aux limites que je m'étais tracées. Il est encore un assez grand nombre d'odes et de ballades dont je n'ai pas fait mention, ne m'étant attaché qu'aux principales. J'ai signalé sans amertume les défauts que j'ai trouvés sur ma route, en rendant un hommage impartial aux beautés beaucoup plus nombreuses que j'ai rencontrées. Puisse cet écrit contribuer à réhabiliter Victor Hugo dans l'opinion de certaines personnes, qui ne le jugent que sur ses ouvrages dramatiques! puisse

M. Hugo, de son côté, abjurant les déplo-
rables écarts où il est tombé depuis plusieurs années, rentrer dans une voie plus
digne de lui! Il y retrouvera toujours
des admirateurs sincères de son beau
génie, tout prêt à applaudir à ses nobles
efforts.

Quant à mistress Trollope, qui m'a fourni,
dans les quelques lignes que j'ai citées,
l'idée de cet ouvrage, et dont l'esprit élevé
est fait pour apprécier le génie de l'auteur
des *Odes et Ballades*, je suis persuadé qu'a-
près un plus ample examen, elle reviendra
de ses préventions contre lui. Elle recon-
naîtra qu'un grand poëte peut rester tout-
à-fait inférieur dans un genre particulier,
sans cesser d'être un grand poëte.

Elle se rappellera ces vers de Boileau :

La nature fertile en esprits excellents,
Sait entre les auteurs partager les talents.

Enfin, elle se souviendra aussi que Voltaire, à qui elle accorde certainement un vaste génie, qui a excellé dans presque tous les genres, soit comme poëte, soit comme prosateur, que Voltaire, qui a fait Alzire, Mérope, Mahomet, n'a pu faire une bonne comédie.

NOTES.

*

(*a*) La Harpe, poëte médiocre, homme passionné et irritable, écrivain froid, mais pur et élégant, homme de goût et censeur judicieux, lorsque son amour-propre blessé ou ses petites colères ne l'aveuglaient pas, nous a laissé un Cours de Littérature qui est encore aujourd'hui, malgré ses défauts, ce que nous avons de plus complet et de plus instructif sur la matière. Après lui Chénier, Lemercier, Geoffroy, Dussault, Duvicquet, Hoffman, Tissot, ont continué d'occuper pendant vingt-cinq ans, chacun dans sa spécialité, les sommités de la critique littéraire; mais depuis la restauration, de même qu'il s'élevait une nouvelle génération de poëtes et d'écrivains, il s'élevait aussi une génération nouvelle de critiques. Et de même qu'on détrônait les auteurs qui nous avaient précédés, il fallait aussi détrôner les anciens censeurs. Ces jeunes aristarques ont donc décidé que tous les écrivains que je viens de citer, à commencer par La Harpe, n'étaient que des grammairiens, des professeurs de seconde, ou, tout au plus, de rhétorique; que leur critique, entièrement dépourvue du caractère philosophique, méritait peu d'estime; enfin que leurs ouvrages n'étaient que de la *menue littérature*. Ils nous ont alors donné une critique philosophique à leur manière, et trop souvent cette critique se compose d'abstractions et de dissertations confuses sur l'*art*, qui ne servent qu'à embrouiller les questions littéraires, au lieu de les éclaircir.

Je ne prétends pas dire, au reste, que, dans l'état actuel des esprits et de la société, on ne puisse, on ne doive peut-être adopter une sorte de critique littéraire plus large et plus philosophique que celle de La Harpe ou de Geoffroy, c'est-à-dire entrer d'une manière plus intime dans les rapports étroits qui unissent la littérature aux mœurs, à la société, à l'individu, à l'histoire. Mais commencez par avoir le goût et l'instruction de La Harpe et de Geoffroy, par acquérir la correction, l'élégance, et surtout la clarté de leur style; sachez entrer avec autant de sagacité dans l'examen des beautés et des défauts; alors il vous sera permis de vous livrer à des considérations d'un ordre plus élevé. La partie didactique, et la critique proprement dite, doivent précéder la partie philosophique et raisonneuse.

(*b*) Le lecteur trouvera, je pense, ici, avec plaisir, l'histoire de la *Conversation française*, par un des plus spirituels écrivains de l'époque:

« Suivre l'histoire de la conversation humaine, ce serait faire l'histoire universelle. La conversation, ce n'est pas toute parole qui sort de la bouche de l'homme, c'est sa parole perfectionnée, érudite, délicate; c'est le langage de l'homme en société, mais dans une société bien faite, élégante, polie; la *conversation*, c'est le superflu de la parole humaine, c'est toute parole qui n'est pas proférée par la colère, par l'ambition, par la vanité, par les passions mauvaises; ce n'est pas un cri, ce n'est pas une menace, ce n'est pas une plainte, ce n'est pas une demande, ce n'est pas une prière; la conversation est une espèce de murmure capricieux, savant, aimable, caressant, moqueur, poétique, toujours flatteur, même dans son sarcasme; c'est une politesse réciproque que se font les hommes les uns les autres; c'est une langue à part dans la langue universelle, qui emploie beaucoup plus de voyelles que de consonnes; c'est une langue que tous croient savoir, entendre et parler, que bien peu savent entendre, et que bien moins

encore savent parler. Mais j'arrête ici mes défi-
nitions, par la raison que plus elles seraient com-
plètes et moins je serais compris. — C'est surtout
en France que la *conversation* est un titre de gloire
nationale ; c'est presque une gloire littéraire. L'institution des salons n'est pas si vieille chez nous
qu'on pourrait bien le croire. Elle date à peine de
l'hôtel Rambouillet, ce grand arsenal de causerie,
où M. de Balzac régnait en maître, où à seize ans,
l'abbé Bossuet, qui devint plus tard l'aigle de
Meaux, prononça à minuit son premier sermon.
L'hôtel Rambouillet, renversé par Molière, ren-
dit cependant ce grand service à la France, qu'il
lui donna le goût des réunions où l'on se rencon-
tre, soit la nuit, soit le jour; réunion d'hommes et
de femmes, qui, sans le vouloir, rendirent à la
langue plus de services que l'Académie elle-même.
Alors commence à Paris ce grand travail du beau
langage, auquel chacun prend part de toutes les
forces de son esprit. Racine, Pascal, Molière, La
Fontaine, Fénelon, Bossuet, que font-ils autre
chose sinon épurer, agrandir, embellir, simplifier
la langue? C'est alors véritablement que toute conversation commence. Madame de Sévigné, Bussy-
Rabutin, madame de Scarron, qui remplaçait
par une histoire le rôti qui manquait, cette belle
Ninon de Lenclos qui protégea Molière, et qui
devina Voltaire, le prince de Condé, voilà déjà la
conversation qui se manifeste, qui s'arrange. On
s'écoute parler, on répète les mots ingénieux de

chacun ; le roi lui-même a ses mots à lui, qui ne
sont pas les moins exquis, et qui surtout ne sont
pas les moins vantés; mais tout cela, ce n'est pas
encore une conversation populaire, ce sont des
coteries, ou plutôt ce sont de petites cours où
règne en souveraine telle femme d'esprit, où com-
mande en despote tel homme d'esprit; ce ne fut
véritablement que sous le roi Louis XV, ou plutôt
sous Voltaire, que la conversation en France devint
tout-à-fait une conversation générale, c'est-à-dire
véritablement la conversation. Alors s'ouvrirent à
toutes les célébrités du xviiiᵉ siècle les salons de
madame Geoffrin, et là, chacun vint apporter
autour de cette femme d'un sourire si fier, d'un
tact si exquis, d'un regard si intelligent, tout ce
qu'il avait de verve, d'imagination, de style, d'audace, et surtout de paradoxes. La conversation,
qui, sous Louis XIV, n'avait été, à vrai dire,
qu'une causerie intime entre quelques hommes et
quelques femmes d'élite, devint, sous Louis XV,
une véritable controverse, dans laquelle chacun
fut appelé, celui-ci parce qu'il était un grand seigneur, celui-là parce qu'il était un grand poëte,
cet autre comme grand philosophe, et tous enfin,
tout au moins parce qu'ils savaient se taire et écou-
ter. Alors l'opinion publique commença à se former
dans les salons de belle compagnie et de spirituel
langage; alors il y eut en France une opposition
contre le pouvoir d'un genre tout nouveau; non
pas la brutale opposition de la rue, sur laquelle

on lance les gardes françaises, non pas l'opposition
du pamphlet, qu'on fait brûler par la main du
bourreau, mais une opposition insaisissable, l'opposition du salon : contre cette opposition, le pouvoir était impuissant, il fallait la subir, il fallait
lui faire des avances, il fallait la flatter ; on ne
pouvait pas lui faire peur. Vous comprenez tout
de suite quelle importance arrive tout-à-coup à ces
salons d'encyclopédistes frondeurs et railleurs. La
belle partie du xviiie siècle se passe ainsi à causer,
à parler, à conter ; c'est un bruit, c'est un mouvement incroyable ; c'est une mêlée non inter-
rompue de plaisanteries et d'attaques de tout genre.
On cite encore aujourd'hui les noms de ces révo-
lutionnaires qui ont si merveilleusement préparé
la révolution de 89. »

JULES JANIN, *Dictionnaire de la Conversation*
et de la Lecture, 33ᵉ livraison, page 97.

FIN.

www.ingramcontent.com/pod-product-compliance
Lightning Source LLC
Chambersburg PA
CBHW071230260626
47162CB00004B/1505